둘이 함께 살며 생각한 것들

비혼 동거 가족
그리고 집에 대한 이야기

둘이 함께 살며 생각한 것들

박미은 · 김진하 지음

저녁달
고양이

좋아하는 공간을 위한 투쟁

진하와 나는 수많은 비슷한 모양의 원룸에서 1평 아닌 0.5평으로 아등바등하며 살았다. 원룸을 집이라고 부르기 싫었던 우리는 이제 비록 자가는 아니지만 주택이라는 공간에서 생활하고 있다. 이 책은 어쩌면 0.5평의 자투리 공간이라도 더 사랑하기 위한 우리 삶의 치열하고도 다정한 투쟁, 그 기록이다.

처음엔 여행을 통해 내가 좋아하는 공간을 어렴풋이 알게 되었다. 나는 한적한 시골의 골목을 좋아한다. 하지만 너무 한적하면 금방 지루했다. 나는 도시의 불빛이 좋았지만 많은 사람과 부딪히며 사는 일은 더 힘들었다. 나는 적당한 도시의 기운을 좋아하는 사람이었다. 내 취향을 알아가는 과정에 이사도 빠질 수 없었다. 원룸에서 원룸으로의 이동은 지역을 오갔다. 경주에서 살던 내가 부산으로 움직였다가 대전으로 갔다가 서울 생활자가 되었다.

지역을 이동하며 나 혼자만의 원룸이었다가 진하와 함께하는 원룸생활을 시작했다. 자연스럽게 내 생활에 맞는 곳 그리고 진하와 내가 맞는 지역을 찾는 과정을 거쳐 지금은 부산에 정착했다. 사람의 욕심은 끝이 없어서 내가 좋아하는 지역을 찾았으니 이제는 좋아하는 집을 찾아야 했다. 원룸에서는 우리와 함께 사는 반려동물이 행복할 수 없었다. 그 모습을 보는 우리도 당연히 행복하지 않았다. 그런 과정 속에 우리는 지금의 주택에서 살게 되었다.

여기서 만족하지 못한 우리는 일하는 일터를 바꾸기까

지 이르렀다. 내가 사장이 아니기에 회사를 원하는 대로 바꿀 수 없어 시원스레 퇴사한 후 나만의 공간, 서점을 꾸렸다.

서점에는 내가 좋아하는 책들을 놓아두었고, 좋아하는 음악을 틀었다. 언제든 커피를 내려 마시고, 내 취향과 비슷한 사람들을 만나며, 즐거운 대화를 나누는 일상을 만들어가고 있다.

서점에서 만난 고양이들에게 밥을 주고, 손님들에게 좋아하는 책을 소개하고, 조용히 책에 집중한다. 좋아하는 곳에서 일어나 좋아하는 곳으로 출근하고, 다시 좋아하는 곳으로 퇴근하는 일상을 흔들리지 않게 유지하고 싶다.

좋아하는 여행지가 있다면 왜 좋아하는지 당신의 생각이 궁금하다. 좋아하는 공간이 있다면 왜 좋게 느꼈는지 듣고 싶다. 행복을 바라고 있다면 내 공간에 대한 애정을 포기하지 않기를 바란다.

당신이 우리처럼 '공간'이라는 단어에 애틋한 감정을 느껴본 적이 있다면, 이 책을 읽고 우리와 함께 깊은 연대감을 가지게 되면 좋겠다.

그런 마음으로 우리의 이야기를 썼다.

이 책을 펼친 당신과 대화하고 싶다.

당신에게 당신만의 좋아하는 공간이 있는지.

차례

1장   우리가 살고 싶은, 우리를 닮은 공간

4장 집을 완성시키는 것은 우리의 삶

1장

우리가 살고 싶은,
우리를 닮은 공간

더 나은 공간을 찾아서

미은

스무 살, 부산에 있는 대학교에 진학하면서, 열아홉 해 동안 살았던 경주를 떠났다. 부산에서는 대학 생활 내내 오피스텔이나 방 한 칸짜리 원룸 빌라에서 지냈다. 처음으로 내가 살 곳을 직접 알아보다가 알게 된 사실이 있다. 바로 '한 평'의 넓이가 어느 정도인지였다. 아홉 평짜리 방과 열 평짜리 방은 차이가 아주 컸다. 원룸에서는 '한 평'으로 차원이 달라진다.

대학 졸업 후 서울 생활을 하다가 정리하고, 다시 부산으로 왔을 때도 나는 그 '한 평'에 집착했다. 다행히 그 집착 덕분에, 오랫동안 발품을 판 덕분에, 내가 살려고 했던 동네에서는 그나마 넓은 원룸을 구할 수 있었다. 조금이라도 더 넓은 공간에서 살고 싶었으면서도 나는 이십대 내내 원룸을 벗어나지는 못했다. 그리고 한편으로 어린 시절, 가족들과 함께 살았던 단독주택을 너무나 그리워하고 있었다.

그 무렵 친한 친구 P가 아파트 전세로 이사를 한다고 했다. 진하와 나는 집들이에 초대됐다. 서울에서 직장 생활을 하던 시절, 우리는 어미 잃은 새끼고양이 두 마리를 구조한 후 입양 보낼 곳을 찾느라 전전긍긍하고 있었는데 고맙게도 P가 그 아이들을 가족으로 받아주었었다. 길고양이였던 녀석 중 한 놈은 라떼(치즈 태비), 한 놈은 모카(고등어 태비)라고 이름을 지어주었는데 지금은 어느새 두 살이 되었다. 그런 인연이 있는 P는 여러모로 소중한 친구다.

결혼하지 않는 한 당연히 원룸에서 사는 걸로 알았던 P는 십 년을 한 원룸 건물에서 살았다. 심지어 집주인이 한 번, 세입자들이 수십 번 바뀌는 동안에도 그녀는 그 자리를 지켰다. 굳건하게 원룸 생활을 하던 P는 회사에 다니고, 고양이 식구들까지 생기자 넓은 집으로 이사하기로 결심했다. 그리고 버스를 갈아타지 않고도 출퇴근을 할 수 있는 위치에 있는 투룸 빌라로 이사했다. 부모님의 도움을 받아 전세를 얻었던 것이었다.

　라떼는 말이 많은 고양이였다. 울음소리로 감정 표현이나 의사 표현을 자주 한다는 뜻이다. 간식을 달라고 보채기도 하고, 만져달라 애교를 부리기도 하고, P 옆에서 종일 옹알거렸다. 낮밤을 가리지 않는 라떼는 새벽에도 말을 걸었다. 빌라의 방음 시설이라는 게 뻔하니, 사실 아무리 방음이 잘 된다 해도 하루 종일 우는 고양이 소리가 이웃에게 안 들릴 리 없었다. 급기야 아래층 사람이 찾아와 주의해달라고 했다.
　아래층에 사는 사람이 불편하건 말건 라떼는, 주인이 속상한 마음과는 다르게 계속 울었다. P는 새벽에도 잠들

수 없었고 그래서 늘 피곤했다. 그 기분이 고양이들에게도 영향을 줘서 세 가족은 피가 말랐다. P는 음료수 한 박스를 사 들고 찾아가서 미안하다고 양해를 구했지만 이웃들은 더 이상 소음을 참아줄 여유가 없는 것 같았다. 사실 층간소음 문제로 찾아와서 항의를 한 이상, 상황이 다시 좋아질 수는 없다. P는 결국 스트레스를 이기지 못하고 몇 개월 만에 쫓겨나듯 다시 이사해야 했다.

새로 자리 잡은 곳은 중심가에서 거리가 꽤 멀었다. 그래도 P는, 오래된 아파트이지만 리모델링을 해서 겉보기와는 다르게 근사한 집이라며 우리를 새 집으로 초대했다. P의 집은 육층. 그런데 엘리베이터가 없었다. 이후로도 P의 집을 갈 때마다, 사층 계단에서 이쯤이 집이면 좋겠다는 생각을 했다. 육층에 올라서면 여름에는 땀범벅이 되고, 겨울에도 땀범벅이 되었다.

심지어 내가 사는 곳은 남구 대연동, P가 사는 곳은 사하구 다대동인데, 차로 가면 사십 분, 지하철과 버스를 이용하면 한 시간 이십 분이 걸린다. 차가 없는 나는 P의 집에 갈 땐 여행자의 마음으로 대중교통을 이용해 느긋하게 이동했다. 긴 여행에 지쳐 당이 떨어져가는데 계단도 많다. 왜 이렇게 높은 곳에 힘들게 사는 걸까 하며, 문을 여는 순간 아늑함이 밀려왔다. 유현준 건축가의 말처럼 이게 '시퀀스'가 주는 감동일까.

화이트 벽지에, 베이지 색 원목이 바탕이었고, 그 안에는 원목 가구와 화이트 가구가 배치되어 있었다. 공간이 넓어지니까 인테리어도 예뻤다. 비어 있는 공간에 있는 가구는 더 가구다웠다.

그날 집들이에 초대된 우리는 그 공간에 일차 감동, P가 차려준 맛있는 요리에 이차로 감동했다. 넓은 공간에서 살고 싶다는 마음이 더 간절해졌다. 넓은 베란다에 침실, 화장실, 옷방, 주방, 손님용 방도 있다. 캣타워도 감당할 수 있는 크기의 집.

두 고양이들도 행복해 보였다. 다만 겁이 많은 친구들인지라 우리가 머무는 동안엔 긴장한 것 같았다. P의 아이폰 사진첩에는 방 구석구석을 즐기는 고양이 사진이 가득했다.

찾아 들어가기 힘들었던 그 집은 나오기도 힘들었다. 손님용 방에서 밤을 보내고 다음 날 점심과 저녁까지 다 챙겨 먹고 나서야 P의 집을 나왔다.

돌아오는 길엔 온통 집 생각이었다.

전세자금대출을 받으면 우리가 지금보다 나은 환경에서 지낼 수 있을 거야. 원룸에서 지내지 않아도 되겠지. 실제로 월세보다 싼 은행 이자를 내며 지내는 친구를 보니 나도 할 수 있지 않을까 하는 생각이 들었다.

살고 싶은 곳을 발견했다

미은

원룸에 살았을 때는 집 안보다 밖을 더 좋아했다. 평일의 휴무일, 그날도 우리는 집 밖으로 나섰다. 우리는 종종 골목을 천천히 걷거나 카페에 가서 얘기를 나누며 데이트를 했었는데 그날은 진하가 부동산에 가보자고 했다. 모은 돈도 한 푼 없는데 전셋집을 보러 가자는 것이다. '이 녀석이 나 몰래 돈을 많이 모은 모양인데?'라는 염치 없는 기대도 했다. 우리의 주머니 사정을 빤히 알면서도 말이다.

처음 간 부동산에서 우리는 P의 집을 상상하며 오래된 아파트를 보고 싶다고 했다. 하지만 리모델링이 안 된 아파트 내부는…. 이십 년 넘게 대한민국을 지배한 공포의 체리색 몰딩과 발바닥이 쩍쩍 들러붙는 비닐 장판이 우리를 맞이했다. 기대했던 것과 너무나 달랐다. 우리가 힘껏 대출을 받아도 구할 수 있는 집이 고작 이 정도의 아파트라는 현실이 조금 서글펐다.

나온 김에 다른 부동산에도 들러보기로 했다. 이제 보니 골목마다 부동산이 하나씩은 있었다. 발에 차이는 카페보다도 더 많은 게 부동산중개업소인 것 같았다. 우리는 두 가지 기준을 갖고 부동산중개업소를 선택했다. 건물 외관과 직원의 첫인상.

적당한 크기의 건물에 적당히 인상 좋은 아주머니가 계신 부동산에 들어갔다. 찾고 있는 집과 예산을 말하니, 친절해 보이는 아주머니가 아니라 사무실에 있던 다른 직원이 우리를 안내했다. 예산에 맞는 괜찮은 빌라가 있다고 했다. 빌라를 원한 건 아니었지만 한번 보겠다고 했다. 가서 보니 우리가 사는 원룸에 방이 하나 더 있는 형태였다. 평수에 비해 좁아 보였고 베란다는 없었고 어두웠다. 전세가는 일억이었다. 요즘 전세가 흔치 않다며 추천하셨지만 마음이 끌리지가 않았다.

넓지만 낡은 아파트, 깔끔하지만 좁은 투룸 빌라. 이게 우리 수준에서 할 수 있는 최선인 것 같았다.

그때 직원 아저씨의 전화가 울렸고, 단독주택 하나가 있다며 보러 가자고 했다. 인상 좋은 부동산 아주머니가 건 전화였다. 그런데 잠깐만. 단독주택이라고? 주택이라는 말에 괜스레 조금 두근거리고 마음이 설레었다. 아저씨는 젊은 사람들이 살기엔 빌라가 더 편할 건데 하며 주택으로 안내했다.

하늘색 철문이 달린 집이었다. 초록 담쟁이 넝쿨이 담장을 뒤덮고 있었고, 아담한 마당에 있던 개는 우리를 보고 짖었다. 집에 들어서자 두 살 정도 됐을 아기와 할머니가 우리를 반겨주었다. 수십 년은 됐을 주택이었지만 인테리어를 새로 했는지 주방도 바닥도 깨끗했다. 아마도 아이가 있는 집이라 더 깨끗했던 것 같다.

앞서 봤던 빌라는 이십평이고, 이 단독주택은 이십이

평이었다. 두 평 차이인데도 주택이 훨씬 더 넓어 보였다. 실제 활용할 수 있는 공간도 더 많았다. 작은방 두 개, 큰 방 하나, 짐을 넣을 수 있는 다락 하나, 거기에 좁지만 세탁기를 들일 수 있는 다용도실도 있었다. 신발장이 있는 현관은 베란다 역할을 하고 있었다. 무엇보다 적당히 넓은 마당! 작은 예쁨이 있는 마당에 온 마음이 흔들렸다.

뒤이어 걱정도 됐다. 세탁기도 사야 하고, 냉장고도 사야 한다. 여름이 다가오니 에어컨도 있어야겠지. 풀옵션 원룸이 아니니.

바로 계약할 수는 없었다. 뒤이어 오는 걱정들이 생각보다 많았다. 전세금이 일억 이천. 대출을 받는다고 해도 이천 사백만 원은 수중에 있어야 하는데, 나는 한 푼도 없는 사람이었다. 이사 비용이나 댈 수 있다면 다행이겠다.

하루 더 고민했고, 하루 더 방문했다. 집은 다시 봐도 괜찮았다. 진하는 그 길로 누나와 매형에게 전화해 돈을 빌렸고, 부동산에 전화해 계약하겠노라 선언했다.

데이트하러 나와 부동산에 들렀다가, 우리는 집을 계약하는 일을 저질렀다.

우리, 이 집에 살아도 되는 걸까?

적당한 거리를 두기 위해

미은

"미은아! 그 집 근처에 네가 좋아하는 경찰서가 있어!"

주택계약을 앞두고, 진하가 말했다. 경찰서가 아니라 자율방범대 초소였지만. '네가 좋아하는' 경찰서라고 표현한 것엔 이유가 있다.

우리는 일 년이 조금 넘는 서울 생활을 하는 동안 북가 좌동에서 살았다. 지하철 육호선 증산역에서 내려 명지대 방향으로 언덕을 더 올라가야 하는 곳에 우리 원룸이 있었다. 언덕을 조금 오르다 힘들면 잠시 멈추는데, 그만큼 더 가야 집이 있었다. 잠시 숨을 고르던 그 언덕 중턱에도 원룸이 있었지만 월세가 십만 원이나 더 비쌌다. 언덕을 오를수록 월세는 내려간다.

둘이 지내기에는 원룸이 비좁고 답답했지만 그만큼 우리는 더 가까이 있었고 따뜻했다. 하지만 그 건물에는 우리 둘만 있는 게 아니었다. 대학교 근처인지라 대학생들이 많았다.

'타인은 지옥이다'라는 말이 아주 틀리진 않다. 한 남학생은 금요일 밤마다 친구들을 불러들여 화려하게 '불금'을 달궜다. 허나 나는 몇 시간 뒤에 출근해야 했다. 안 그래도 토요일에 일해야 하는 밥벌이 생활이 서러워 죽겠는데 매주 예민한 내 심기를 건드리니 괴롭기가 말로 다 못할 지경이었다.

참다 참다 처음에는 문을 두드려 조용히 해달라고 부탁했지만 잠시 조용해지다가 다시 시끄러워졌다. 두 번째엔 참지 않고 바로 신고했다. 경찰은 귀찮은 듯 응대했지만 곧 출동해, 시끄러운 학생들을 해산시켰다. 그래서 진하는 나를 경찰서를 좋아하는 친구라고 했다.

내 원룸은 늘 삼층 아니면 사층이었다. 일층이었던 적은 단 한 번도 없다. 일층 원룸은 어떤 용감한 여자라도 무서운 곳이다. 문을 열면 바로 방이 보이는 원룸 구조에선 일층보다는 이층, 그 이상을 택하게 된다.

집을 떠나 혼자 자취를 시작한 이후로는 일층에서 살아본 적이 없다. 그래서 아래층 사람을 배려해 실내에선 늘 슬리퍼를 신고 뒤꿈치에 힘을 싣지 않고 걸었다. 진하가 쿵쿵대며 걸을 땐 잔소리도 했다. 진하는 심하지 않다고 말했지만, 나는 행여 아래층에 사는 주민에게 폐를 끼칠까 미리 염려했다.

생각해보면 여자라서 월세가 더 비싸지기도 한다. 안전을 고려하다 보면 그렇게 된다. 이층 이상은 일층보다 안전하기에 월세가 오만 원은 더 비쌌다. 따져보면 오피스텔이 여자 혼자 살기에 더 안전하고 좋은 편이라서 빌라보다 월세와 보증금이 비싸다. 원룸에서 살던 때를 돌아보면 나는 안전을 돈으로 사고 있었던 셈이다.

혼자 태어나서 혼자 떠나는 인생에 혼자일 때 위험한

상황이 이리도 많다니. 실제로 내가 사는 동네에서 이십 대 여성이 집에 가던 길에 살해된 사건이 일어난 적도 있었다. 어느 방송에서는 배달음식을 시켜 먹곤 했던 한 여성이 배달원으로부터 따로 만나자는 개인적인 연락을 여러 번 받았다는 이야기를 했었는데 연락한 사람 수가 총 칠십여 명이었다.

원룸에서 산다는 것은 억울함의 연속인 것 같다. 좁은 공간도 억울하고, 좁은 공간의 물질적 가치가 내 예상보다 커서 주머니 사정도 억울하다. 위, 아래, 좌, 우로 사람들이 붙어서 사니, 어느 날엔 닭장 속에 갇힌 닭들 같다는 상상도 했다. 특히 작은 반려동물을 키우고 있던 내게는 원룸이 가슴 아픈 공간이었다. 내 새끼 마음껏 뛰놀게 해주지 못한 죄책감. 그리고 스스로 행복을 느끼지 못하고 있다는 죄책감. 다양한 죄책감이 나를 뒤덮고 있었다.

내가 생각하는 집

진하

이제 와 생각해보니 사실 '집'에 거창한 의미가 필요한 건 아니었다. 예전에는 내가 살 집을 상상하면 온갖 좋은 것을 다 떠올렸다. 윈도우 배경화면 같은 언덕을 배경으로, 푸른 잔디 위를 뛰노는 반려견, 테라스가 있는 통나무 이층집. 혹은 '위대한 개츠비'가 살 것 같은 저택. 외관은 고풍스럽고 내부는 모던한 인테리어에 최신 가전기기가 갖춰진 집.

누구든 집에 대한 로망은 있을 것이다. 하지만 실제로 살 집을 고를 땐 직장과의 거리, 관리의 최소화, 쾌적함과 편리함 등을 고려하지 않을 수 없다. 그래서 다들 대중교통, 학교, 편의시설 들이 갖춰진 아파트를 목표로 삼는 것인지도 모른다.

그 주택 집을 보았을 때, 내 상상 속 집과 비슷한 점이 몇 가지 있었다.

먼저, 반려견. 마당에 개가 두 마리 있었는데, 한 마리는 품종견이고 다른 한 마리는 똥개(나는 믹스견보다 똥개라는 말이 더 좋다)였다. 품종견은 소형견이었는데 이름이 춘식이였고, 똥개는 토리였다. 나는 이름이 바뀐 건 아닌가 싶어 두 번 정도 되물었다. 와중에 토리는 주인아저씨와 황령산 산책 도중 다른 개한테 맞고 와서 기가 죽어 있었고 아저씨는 분이 풀리지 않은 듯 화가 난 목소리로 토리가 맞은 이야기를 하셨다.

토리는 덩치가 상당했고 전형적인 똥개의 외모였다. 얻어맞은 얼굴이 퉁퉁 부었는데도 꼬리는 프로펠러처럼 흔들리고 있었다. 세상에 똥개만큼 똑똑하고 사랑스러우며 건강한 아이들이 어디 있으랴. 이런 '집'에서는 이런 몽글몽글하고 다정한 이야기가 만들어질 것 같았다.

지금도 마당 한쪽을 차지하고 있는 여러 장독대들도 동화 같았다. 전에 살던 사람들은 어떤 용도로 썼는지 모르겠지만 우리에겐 마당 장식용 소품으로 자리를 차지하고 있다.

그리고 감나무도 있다. 감나무 잎을 우리의 반려토끼 리리가 좋아했다. 아직 먹을 수 있는 열매가 열리진 않지만, 감나무라는 이름만으로도 정감 있었다.

내부는 하얀색 벽지로 새로 도배한 티가 났고 주인아주머니가 직접 만들었다는 파란색 커튼이 창문마다 달려 있어 깔끔하고 미니멀한 느낌을 주었다. 주방 싱크대는 진한 파란색이고 수납장은 모두 하얀색이었다. 꽃무늬만 없으면 좋겠다고 생각했던 나는 거기서 훅 갔다.

이렇게 작은 예쁨이 가득한 집을 보니, 나도 이런 집에서 살면 따뜻한 이야기들을 만들어갈 수 있을 것 같았다.

상상하던 집은 아니었지만 현실적으로 내가 살 수 있는 진짜 집에 대해 생각해볼 수 있게 되었다. 집에서 어떤 시간을 보내게 될까? 퇴근 후 지쳐서 쓰러져 자는 공간이나 고픈 배를 채우기 위해 먹는 공간만으로만 여겼던 건 아닐까? 그저 물리적으로 편하기만을 바라고, 내가 사는 공간에 의미를 부여하진 않고 살았던 것 같다.

찬찬히 마음을 들여다보니 사실 내가 집을 선택할 때 가장 중요하게 보고 있던 것은 토끼 리리였다. 토끼는 워낙 스트레스에 약한 동물인지가 리리가 잘 지낼 수 있는 환경인지 먼저 살펴야 했다. 그다음은 미은이였다. 함께 시간을 온전히 만끽할 수 있는 공간이길 바랐다. 같이 살면서도 불편하지 않고 각자의 할 일을 하면서도 부딪히지 않을 수 있는 공간이 있길 원했고 함께일 때는 한없이 가까울 수 있는 공간이 있었으면 좋겠다는 생각을 했다.

결국 내가 원했던 집은 나만을 위한 공간이 아니었다. 나는 나보다 나와 함께하는 존재들이 평안하기를 더 바라고 있었다. 그제야 나도 행복할 수 있음을 긴 시간이 걸려 어렵사리 배웠다. 물론 나도 소중하다. 그리고 내가 책임을 다하고 있음을 깨달았을 때 나는 내가 더 소중함을 느꼈고, 집은 그 모든 책임을 나와 함께 떠안은 내 소중한 친구가 되었다.

원룸을 탈출하며

진하

부산으로 온 지 삼 년이 되었다. 그 시간 속에 미은이가 있고 반려토끼 리리가 있고, 반려고양이 미미도 가족으로 함께하게 되었다.

회사를 다니면서 힘들어져도 쉬는 날을 고대하며 버틸 수 있었다. 점점 삶에 일하는 시간과 비중이 늘어나면서 늘 스스로 질문했다.

'오늘도 솔직했는가?'

나는 가끔 곤란한 상황에 닥치면 순간적으로 솔직하지 못하게 반응할 때가 있다. 감정도 관계도. 말을 얼버무리며 남 탓이나 상황 탓을 했고, 뒤돌아 후회하며 목소리가 점점 작아졌다.

언제부턴가는 취미를 시작하는 것, 운동하는 것, 갖고 싶은 것을 사는 것도 그런 식으로 상황 탓을 하며 미뤘다. 자립하는 과정도 그랬다. 물론 아직도 자립은 진행 중이다. 사회 생활이라는 것을 시작한 십여 년 동안 여러 가지 이유로 쉽게 포기하며 살았고, 나는 솔직하지 못했다.

이 마당 있는 주택으로 오기까지 열한 번의 이사를 했다. 군 생활과 외국 생활을 제외하고, 나의 이십대 중 칠년간은 원룸을 전전하는 유목민 같은 생활을 했다. 가축의 목초지를 찾아 평생 이동하는 삶을 사는 유목민처럼 나 또한 적절한 목초지를 찾으면 그곳으로 이동했다.

대충 일곱 번째의 이사를 할 때까지는 몰랐다. 다들 그렇게 사는 줄 알았다. 부모 곁에서 떨어져 나와 쓸데없는 자유를 만끽하는 것이 꽤 괜찮은 삶인 줄 알았다. 그렇게 나 조그맣던 방에서, 나는 몸도 마음도 꿈도 원룸만큼 작아지고 있었다는 걸 모르고 있었다.

여덟 번째, 아홉 번째 이사를 하면서 뭔가 잘못되었음을 느끼기 시작했다. 이제 이사가 귀찮아지면서 점차 나의 생활에 대해 각인을 하기 시작했다.

1.

원룸 건물 특유의 형태, 필로티를 보는 것만으로도 진저리가 났다. 작은 택배들은 도난당하기 일쑤였고, 우편함은 늘 빽빽하게 주차된 차에 가로막혀 있어서 우편물을 꺼낼 때마다 남의 차가 긁히지 않게 조심하며 내 몸을 웅크리거나 구겨야 했다.

2.

현관문을 열고 나오면, 코앞에서 앞집 현관문을 봐야했다. 불행하게도 내 이웃들은 주민으로서 지켜야 할 규율을 어기고 선을 넘었다. 분명히 건물 밖 일층에 분리수거함과 음식물쓰레기함이 설치되어 있는데도 현관 앞에 쓰레기를 내놓았다. 쓰레기를 복도에 내놓으니 나는 아침마다 그 쓰레기를 보면서 하루를 시작해야 했고, 그 쓰

레기들 때문에 생긴 벌레들과 함께 하루를 마무리해야
했다.

3.

층간소음과 벽간소음이 심할 수밖에 없는 구조를 어
쩔 수 없다고 참고 있는 내가 싫어졌다. 불편한 것들이 많
아서 싫은 게 아니라, 그 불편한 것들을 참고만 있는 내가
싫었다.

원룸 이사는 대부분 일 톤 트럭 한 대를 부르거나 택배
와 친구 차를 이용했다. 이사할 때마다 짐은 줄어들었다.
가전이든 가구든 필요하다고 생각한 것, 갖고 싶다고 생
각한 것 들이 있었지만 언젠가 또 이사할 때를 생각해서
들이지 않았다. 의도하지 않은 미니멀리스트로 십 년을
살았다. 그런데 내가 미니멀라이프를 원한 것인가, 어쩔
수 없이 그렇게 된 것인가의 차이는 너무 크다. 나는 그
차이가 명확히 무엇인지도 정의 내리지 못한 채 살았다.
내가 원하는 삶의 방식을 위해서 사느냐, 주어진 삶의 방
식에 끼워 맞추느냐, 그 사이에서 공허함만 느끼고 있을

뿐이었다.

원하는 삶의 방식을 추구하는 데 적당한 나이는 없다. 나는 이십대엔 아직 그래도 돼, 좀 더 불편하게 살아도 괜찮아, 라며 원룸 탈출 날짜를 연기했다. 나에게 더 집중하고 하루하루 충만한 삶을 사는 것은, 사실 조금만 더 간절하면 되는 일이었는데⋯. 많은 사람이 그러하듯 나도 지나고 나서야 알게 되었다.

그렇게 삼십대가 되어서 직장이라는 것을 가지게 되니 나에게 가장 중요한 가치를, 사회에서의 인정이나 조금 더 많은 월급 따위가 아닌 더 나은 보금자리에 두게 되었다. 그것은 생각보다 중요했다. 퇴근을 기다리는 이유가 달라지면서 마음의 여유가 생기기 시작했고 마음의 여유가 생기니 모든 일이 쉽게 느껴졌다.

'마음의 안식처?'

평생 흘려듣기만 했던 그 표현에 이렇게 공감하게 될 줄이야.

마음의 안식처가 생기니 여유도 커졌다. 예전에는 작은 일에도 속을 끓이는 일이 많았지만 웬만해선 흔들리지 않았다. 태연하게 대처하니 그만큼 고민하는 시간이 줄었고, 자연스럽게 더 넓은 시각으로 생각하는 시간이 늘어나게 되었다. 스스로 변화가 확 느껴질 만큼 집은 삶에서 중요한 요소였다. 어떻게 여태 나는 그런 것들을 포기하면서 살아왔을까.

원룸 생활을 하는 동안 나에게 가장 큰돈은 항상 오백만 원이었다. 어디를 가나 보증금은 오백이었다. 대학생 때부터 부모님이 보증금을 마련해줬고 내 힘만으로 그만한 돈을 모으기는 힘들었다. 나에게는 없는 돈이기에 가장 큰 금액으로 느껴졌다.

오백이라는 숫자 하나 믿고 십 년을 살다 보니 내 마음의 최대치도 오백으로 한정되었다. 아르바이트를 해도, 첫 직장을 가졌을 때도 나의 목표는 항상 오백이었다. 적은 돈은 아니지만 지금 돌이켜보면 초라하지 않은가. 오백을 모아서 십 년간 져온 빚을 부모님에게 갚고 나면 그때는 온전한 내 삶이 시작되는 거라고 굳게 믿었다. 이제는 자립하는 것이고 부모님에게 더 빚진 것도 없으리라.

부모님께 오백만 원을 돌려드렸을 때, 예상과 다른 감정이 올라왔다. 어떤 상실감이나 시원섭섭함 같은 것이 아니라 뭐랄까 단전에서부터 식도까지 천천히 타고 올라오는 따뜻한, 생애 처음 소주를 마셨을 때 같은 그런 기분 좋은 알싸함을 느꼈다.

아버지는 이 순간을 기다렸다는 듯 몇 년간 내 이름으로 부어온 주택청약 통장을 내미셨다. 매달 직접 은행에 가서 내 앞으로 돈을 넣었을 그 낡은 통장에는 오백보다 큰 숫자가 찍혀 있었다. 둘만 있으면 어색했던 아버지와 나는 마음속으로 하이파이브를 하고 있었다. 그때부터 바늘구멍 같던 내 목표가 콧구멍만큼은 커졌다.

그리고 정신이 번쩍 들었다.

그날 난생처음으로 아버지에게 뭔가를 드렸는데, 나는 또 아버지에게 큰 선물을 받았다. 오백을 갚는다고 우쭐해져 있던 나는 아버지의 사랑을 받고 그제야 어른이 된 기분이 들었다.

그렇게 받으면서 난 또 하나의 교훈을 얻었다.

공간, 그 이상의 의미

미은

우리 리리가 뛰어놀기 좋게 지금 집보단 조금만

더 넓었으면 좋겠다.

계절마다 옷장으로 들어가는 옷들과

이불을 수납할 공간이 생겼으면 좋겠다.

냉장고가 좀 더 커서 리리를 위한 공간과

내 공간이 분리되면 좋겠다.

내 자전거 마리오를 타고 언제든

강변을 달릴 수 있는 곳이면 좋겠다.

자전거를 타고 혹은 걸어서 심야영화를 보러 갈 수 있게,

영화관이 멀지 않은 곳이 있으면 좋겠다.

내가 사랑하는 사람과 함께해야 하는 곳이니

나도 내 사람도 출퇴근이 불편하지 않으면 좋겠다.

베란다에서 상추나 깻잎, 바질을 키우고 싶다.

그렇다면 볕도 잘 들어야겠지.

길냥이들을 싫어하는 주민이 없으면 좋겠다.

지금 집처럼 눈치 보지 않고 길냥이 밥을

그리고 간식을 줄 수 있는 곳이면 좋겠다.

단골슈퍼가 근처에 있으면 좋겠다.

대전에서처럼 날 위해 허니버터칩을 챙겨주던

그런 슈퍼 사장님을 만나기를.

화장기 없는 얼굴로 대충 윗옷만 걸치고

라떼 한 잔 맛있게 마실 수 있는 카페,

마음 편한 카페가 있으면 좋겠다.

혼자서라도 언제든 책 한 권 들고 갈 수 있는

나의 동네 카페가 있으면 좋겠다.

빔프로젝터를 사서, 휴식을 취하는 날엔

블루투스 스피커와 노트북, 미니빔으로

우리만의 소박한 홈씨어터를 만들고 싶다.

아직 보지 못한〈싱스트리트〉를

여보 품에 안겨 함께 보고 싶다.

언제나 내가 꿈꾸는 것은

내 일상이 흔들리지 않는,

내 사랑이 흔들리지 않는 그런 하루하루.

언젠가 원룸을 탈출하는 날을 상상하며, 자기 전 외는 기도문처럼 썼던 글이다.

마치 기적처럼 기도 속에서 꿈꿨던 집을 찾았다.

내가 소망하는 삶과 집에 대한 기준은 삼 년 전에도 지금도 변하지 않았다.

〈싱스트리트〉는 진하와 함께 보았고, 한동안 내 플레이리스트는〈싱스트리트〉OST였다.

2장

마당이 있는 집에서
살아보기로 했다

책과 비와 빨래

진하

이 아담한 주택에 온 후, 편하게 책을 읽을 공간이 생기니 독서량이 조금 늘었다. 책을 억지로 보는 스타일이 아님에도 보고 싶은 책들이 전보다 많아졌다. 나는 보통 소설을 많이 읽는데 시도 읽고 싶어졌다. 나는 싯구의 비유가 어렵고 잘 이해가 되지 않아서 시를 좋아하는 사람이 부러웠다.

그래서 그냥 이해가 되지 않는 건 억지로 보지 않기로 했다. 내용 연계에 큰 영향이 없으면 그냥 넘어간다. 다음 내용이 궁금한 책을 주로 읽는다. 재밌게 읽었다면 그 작가의 다른 책을 찾아본다.

물론 대부분 그사이에 다른 책이 보고 싶어져 또 책을 산다. 그렇게 읽기로 했던 작가의 책은 또 잊혔고 나는 새로운 작가를 만난다. 아름답다고 느껴지는 책, 상상력이 대단한 책, 일상을 잘 그려낸 책, 고요한 책, 무겁고 어려운 책, 거북한 책 등등 나는 항상 다 보고 난 뒤 전체적인 느낌을 먼저 떠올린다. 보면서 좋았던 내용은 바로바로 표시해두기도 하고, 다 보고 느꼈던 느낌에 따라 좋았던 부분을 다시 찾아가 읽어보기도 한다. 그냥 그렇게 내가 좋았던 부분들을 보고 다시 보면서 '아, 좋다' 하며 책장을 덮는다.

주택으로 와서 독서가 전보다 더 즐거워졌다. 시간을 억지로 내서 하는 일이 아니라 시간만 나면 독서를 하게 되었다. 더 즐겁게 책 읽는 법을 찾고, 더 오래 마음에 남게 충분히 음미할 시간을 가진다. 전보다 시간이 더 생긴 건 아닌데 왠지 모르게 여유가 생겼다. 왠지 곧 시도 읽을 수 있을 것 같은 느낌이다.

　나는 비 오는 날을 좋아한다. 빗소리와 비 오는 날의 냄새가 좋다. 주택에 오니 이 두 가지를 온전히 즐길 수 있게 되었다. 비가 내리기 시작하면 기분 좋은 둔탁한 소리가 난다. 내가 심은 나무와 꽃에 빗방울이 떨어지고 마당에 떨어지는 빗소리를 밤새 가까이 들을 수 있게 되었다. '투둑투둑' 잔잔한 백색소음에 노래도 더 잘 들리고 책에 집중도 더 잘 된다.

　그런 날에는, 갓 지은 하얀 쌀밥에 매콤한 돼지고기 김치찌개, 어머니가 보내주신 멸치볶음으로 상을 차려, 음식과 빗소리에 온전히 집중하면 세상 고민이 사라진다. 가족이 더 사랑스럽고 괜히 부모님께 안부 전화를 하고 싶어진다. 한편으로는 길고양이들이 춥지는 않을지, 밥은 잘 먹고 다니는지 걱정도 된다.

　비는 '새로움'이다. 비가 그치면 눈에 띄게 자란 나뭇잎과 늘어지게 기지개를 켜며 나타나는 고양이들과 상쾌한 아침 공기가 나를 맞아 준다.

　이 집에서 살면서, 비 오는 날 저녁의 어둡고 습하고 산소가 부족한 것 같은, 그런 분위기를 더 좋아하게 되었다.

해가 따뜻한 날이면 쉬는 날에도 조금 일찍 일어난다. 빨래를 하기 위해서다. 햇빛에 말린 빨래에서 얼마나 좋은 냄새와 따스함이 느껴지는지 해본 사람만 알 것이다. 마당에 있는 빨랫줄과 집 안에 있던 빨래건조대까지 마당에 들고 나가 이불도 옷도 일부러 모아뒀던 빨래까지 한 번에 한다. 마당에서 힘껏 빨래 털기도 한다. 집 안에서 빨래를 말릴 때는 물이 튈까 봐 먼지가 날까 봐 못했던 일이다.

빨래를 돌리기 시작하면서부터 나는 상상한다. 빨래를 걷어서 갤 때 내 손과 팔에 느껴지는 그 따뜻하고 부드러운 감촉 그리고 햇볕 냄새. 빨래하기 전부터 기분이 좋다.

빨래가 바싹 말라 따뜻해지면 얼굴에 한 번씩 대보고 그 따스한 느낌을 마음껏 즐기며 빨래를 걷는다. 그날 말린 수건을 쓰기 위해 샤워도 더 꼼꼼히 한다. 햇볕에 말린 이불을 덮고 자면서부터는 불면증도 사라진 것 같다. 고작 빨래 하나로 몸도 마음도 더 따뜻해졌다.

습도와 온도

미은

집주인이 큰 옷장을 두고 갔다. 우리에겐 작은 수납장 두 개밖에 없었기 때문에게 많은 옷들을 수납할 수 있게 되어서 다행이었다. 겨울철에 입는 패딩, 코트, 재킷 등 부피감이 큰 옷을 걸고, 그 계절에 입지 않는 옷들도 정리해 넣어두었다.

여름 장마철이 지난 후 살짝 염려가 생겨서 옷장을 열

어보았는데 맙소사! 겨울 코트와 패딩에 곰팡이 꽃이 피어나고 있었다. 곧바로 코트와 패딩을 안고 세탁소로 향했다. 세탁소에서는 곰팡이에도 놀라지 않으시고, 침착하게 드라이클리닝을 해주셨다.

벽에 번지는 곰팡이보다 옷에 생기는 곰팡이가 더 큰일이었다. 앞으로 옷을 어떻게 보관할지 뾰족한 방법이 떠오르질 않았다.

그때 직장동료가 제습기를 써보라고 제안해주었다. 특히 단독주택에 사는 사람들에겐 필수품이라고 덧붙이면서. 예전에 월세 생활을 할 때는 집에 무슨 일이 생기면 집주인에게 해결해달라고 전화하면 그만이었는데, 전셋집이라 이제 직접 관리를 하며 살아야 한다. 직접 관리하는 일도 처음인데 단독주택은 더 관리에 신경 써야 하는 줄은 더더욱 몰랐다.

수십만 원을 들여 제습기를 샀다. 처음 보는 이 기계는 너무 신기했다. 제습기를 켜자 기계에 물이 차오르기 시작했는데, 습기를 제거하는 게 아니라 물을 만드는 기계인가 싶을 정도였다. 덕분에 팔십 퍼센트를 웃돌던 옷장방 습도가 육십 퍼센트 아래로 떨어졌고, 쾌적한 상태가 유지되었다. 그렇게 유지하려면 매일 서너 시간 정도 제습기를 틀어주어야 했다.

여름 장마가 끝나고 가을 태풍도 지나가고, 쌀쌀한 겨울이 시작되었다. 그리고 우리는 전에 없이 코피가 났다. 아침에 일어나면 코에 건조한 느낌이 났고, 코를 풀 때마다 말라붙은 피가 떨어져 나왔다. 여름에는 엄청나게 습하더니 겨울에는 놀라울 정도로 건조해진 것이었다.

'단독주택은 습도 조절도 힘들구나.'

어렸을 때 한옥에 살던 나는 현대식 주택이 낯설기만 했다. 한옥은 여름엔 시원하고, 겨울엔 따뜻했다. 숨을 쉬는 흙으로 지어진 집은 그랬다. 흙 속에는 수많은 미생물이 있어 공기 순환이 잘 되게 하고 습도를 조절한다. 그런 요소들이 숙면에 도움이 되기 때문에 한옥에선 깊은 잠을 잘 수 있다고 한다. 또 흙에는 미립자 공기층이 있어서 단열성이 좋다.

지금 내가 사는 주택은 벽돌집이다. 습도와 온도 조절은 인간이 열심히 해야 한다. 제습기를 산 지 몇 달 지나지 않았는데 이제 가습기를 사야 했다. 단독주택에 살기 위해서는 제습기와 가습기가 필요했다. 가습기 덕에 코피는 멎었다.

여름엔 습해서 괴롭기도 했지만 덥기도 했다. 습해서 더 더운 것 같았다. 잘 때는 에어컨을 약하게 틀어놓고 선풍기도 돌렸다. 끄면 덥고, 켜면 춥고…. 새벽에도 몇 번이나 잠이 깰 수밖에 없었다.

겨울엔 수도관이 얼어붙을까 걱정되어 수도관 위에 담요를 덮어 꽁꽁 싸맸는데 그러고도 불안해서 종이상자도 덧덮었다. 수도관이 어는 일은 발생하지 않았다. 부산이라 그나마 다행이었다.

겨울철 난방비도 꽤 나왔다. 추위를 많이 타는 나와 토끼 리리 덕에 모든 방과 거실은 물론이고 심지어 화장실까지 보일러를 틀었다. 도시가스비만 이십삼만 원이 나왔다. 처음 보는 숫자라 충격이 꽤 오래 갔다. 겨울 동안 그 누구도 우리를 관리해주지 않았다만 관리비를 냈다 치자. 겨우내 서너 달 동안 매달 이십만 원 언저리의 도시가스비를 냈다.

전세로 옮기며, 월세를 줄였다고 생각했는데 예상치 못한 지출이 늘었다. 집을 돌보는 우리의 노동력과 도시가스비, 제습기며 가습기까지 치면, 매월 드는 비용이 월세와 비슷할지도 모르겠다.

하지만 첫해라 준비가 필요해서 그랬던 것일 뿐이다. 다른 세계에 들어온 입장료라고 생각하기로 했다.

전원주택 로망

미은

　도시에 사는 사람들, 특히 인구밀도가 높은 지역에 사는 사람들은 전원주택에 대한 로망이 있는 것 같다. 나중에 은퇴하면 시골에 전원주택을 짓고, 텃밭 가꾸며 한가롭게 사는 꿈. 이는 어렸을 때 부모님 집에서 얹혀살았던 것 말고, 독립한 이후에 혼자서 주택에 살아보지 않은 사람들이 하는 말이다.

텃밭 가꾸는 일을 한 번이라도 해본 사람은, 전원주택 생활을 절대 한가로운 삶이라고 표현하지 않는다. 과연 전원주택에서 텃밭을 가꾸며 사는 삶이 여유롭고 평화로울까.

사람들이 대부분 아파트에서 사는 이유는 '편리성' 때문이다. 주택은 아파트와 비교하면 상대적으로 편리성과는 거리가 있다. 아파트라는 주거 형태가 익숙한 사람은 나이가 들수록 주택에서 지낼 수 없게 된다. 이미 편리함에 익숙해져버렸기 때문이다.

인도에서 생활할 때, 불편함을 느꼈는 순간들은, 대부분 내가 한국에서 얼마나 편하게 살아왔는지 깨달을 때 몰려왔다. 그곳에선 시도 때도 없이 정전이 되었는데 그래서 대부분 밤에는 깜깜한 어둠 속에서 촛불을 켜고 시간을 보내야 했다. 천장에 매달려 돌아가는 낡은 선풍기로는 땀도 식지 않고 더위도 가시지 않았고, 뜨거운 여름 낮에는 에어컨과 팥빙수를 그리워했다. 버스커버스커 앨범(〈벚꽃엔딩〉이 수록되어 있던 명반)이 나왔다고 친구가 메일로 보내준 음악 파일을 일주일에 걸쳐 다운로드하며 인도의 인터넷 속도를 얼마나 원망했었는지….

너무나 당연하게 내 삶에 자리 잡고 있던 것들이 하나라도 사라지면 '불편함'에 깜짝 놀라게 된다. 정말 편하게, 너무나 편하게 살고 있었다는 걸 깨달으면서.

아파트 생활도 마찬가지다. 그곳이 얼마나 편한지 모른 채 살아온 사람이 갑자기 노년에 전원주택 생활을 하기는 힘들 것이다. 겁주려는 게 아니라 우리는 그만큼 편리성에 너무 익숙한 삶을 살고 있다는 얘기다.

나는 아파트에서 살아본 적이 없다. 유년 시절 대부분을 경주에서 보냈는데 경주에서도 일층 이상 높이의 건물이 없는 황남동에 살았다. 내가 초등학교, 중학교, 고등학교 시절을 보낸 황남동은 일층 한옥이 대부분이며, 지금도 고층을 찾기 힘들다. 역사유적지·사적지 등 문화재와 고도 형태 보존을 위해 건축물의 높이 제한을 심하다 할 정도로 철저히 해왔기 때문이다.

경주에서 사는 부모님은 이사를 생각하고 있다. 이태원의 경리단길 같은, 경주의 핫플레이스, 황남동의 황리단길에 사는 우리 가족의 집 한 귀퉁이가 개발로 인해 뜯겨나갈 예정이기 때문이다.

황남동 일대를 일컫는 황리단길은 경주의 전통미와 젊은 창작자들의 감각이 조화를 이루는 예쁜 가게가 많아서, 수많은 이들의 발길을 끌고 있다. 몇 년 전에 〈알쓸신잡〉에 나오면서 더 유명해졌고, 황리단길을 보러 경주를 방문하는 여행객도 많아졌다.

부모님의 집 중 화장실과 욕실 공간 부분이 없어질 예정이라 이사는 피할 수 없게 됐다. 아버지는 여전히 주택에서 살기를 바랐지만, 어머니는 이번 기회에 아파트로 이사 가기를 바라셨다.

어머니의 꿈은 아파트에서 편하게 노후를 보내는 것이다. 평생을 주택에서 살았기에 아파트에 사는 친구들을 그리고 친척들을 가끔은 부러워했다. 정확히 어떤 점이 어머니의 마음을 사로잡았는지는 잘 모르겠다. 확실한 건 부모님이 아파트로 이사 간다면 엄마는 아파트 동 대표를 하고도 남을 것이라는 사실이다.

주택 밖에 생활해본 적 없는 우리 집에서 부모님은 항상 바빴다. 아버지는 더 바빴다. 아버지만 할 수 있는 일들이 있었다. 마당에서 뚝딱뚝딱 욕실 수납장도 만들고, 주방 선반도 만들었다. 겨울에는 문의 틈새를 막아 우풍이 들어오지 않게 했고, 난방이 잘 되게 하는 데 온 신경을 썼다.

여름에는 빨간 고추를 사다가 마당과 옥상에 말려 맛있는 고춧가루를 만들었다. 주택에서 아버지는 좀 더 멋진 사람이 된다. 아빠는 무엇이든 할 수 있고, 무슨 문제든 해결하신다. 아버지가 여전히 주택에 살고 싶어하는 이유는 아버지가 아버지다울 수 있는 그 순간들을 놓기 싫은 마음 때문이진 않을까.

아버지에게 왜 주택에 살아야 하느냐고 물어본 적이 있다.

"나는 내가 사는 곳 아래에, 옆에, 위에 사람들이 가득 차 있다고 하면 너무 끔찍해. 그런 곳에 나는 못 산다."

어머니는 아마도,

"내가 사는 곳 아래에, 옆에, 위에 있는 사람들과 온기를 나누면 난방비가 덜 들걸?"

하고 대응하실지도 모르겠다.

소비가즘

진하

나는 별로 소비 욕구가 없었다. 특히 물건을 살 필요는 별로 못 느끼고 살았다. 특히 원룸에서는 겨우 이 한 몸 누울 곳, 책상, 행거, 그 위에 쌓여 굴러다니는 것들만으로도 충분히 꽉 차서 뭔가 더 들인다는 건 엄두도 나지 않았다.

그런데 이제 내 공간에 여유가 생기면서 알게 되었다.

나는 소비 욕구가 없던 것이 아니라 억누르고 있었을 뿐임을.

그동안 열한 번의 이사를 하면서도 전혀 느껴본 적 없는 욕구가 폭발하기 시작했다. 소비는 소비를 불렀다. 없어도 그만이지만 있으면 그만큼 필요한 것이 살림이었다. 집에 당장 필요한 것뿐만 아니라 집에 있으면 좋겠다싶은, 마음에 들고 눈에 드는 것들을 사들이기 시작했다.

우선 현관이자 신발장으로 사용되는 공간에 조립식 나무 데크를 깔았다. 나는 흡연자니 마음 편히 흡연할 공간이 필요했다. 또 주택에 온 이상 따듯한 햇살과 시원한 바람을 느끼며 커피도 마시고 책도 볼 공간을 만들고 싶었다. 바닥에 앉아 있을 수 없으니 등받이가 편한 캠핑 의자를 샀다. 의자라는 것이 생각보다 값이 많이 나가는 물건임을 처음 알았다. 의자를 구했으니 의자에 앉아 마실 커피를 끓이기 위해 커피포트를 사고 조금 더 편하게 커피를 마시기 위해 캡슐커피 머신을 사게 되었다. 그리고 커피를 더 맛있게 마시기 위해 예쁜 컵을 사기 시작했다. 예쁜 컵을 사니 예쁜 그릇들과 수저도 사고 싶어졌다.

그렇게 집에 점점 예쁜 것들을 두고 싶어졌다.

널찍한 마당에 빨래를 널기 위해 빨래건조대도 크고 예쁜 것으로, 하얗고 비어 있는 벽을 활용하기 위해 빔프로젝터를, 넓어진 집을 청소하기 위해 무선청소기를 샀고 무선청소기 거치대를 따로 구매했다. 여름에는 곰팡이가 보이기 시작해 제습기를 사고 겨울에는 너무 건조해 가습기를 구매하게 되었다. 미은이에게 필요했던 화장대도, 지금은 미미가 스크래처로 사용하고 있는 작은 소파도 들였다. 소비의 습관이 끊이지 않게 하기 위해 더 빠르게 소비를 해나갔다.

더 가성비가 좋고 예쁜 것을 사기 위해 검색을 많이 하게 되니 나의 SNS에는 내가 원할 만한 상품들이 계속 노출되었다. 그동안 해본 적 없는 양의 소비를 했다.

뭐든 아끼는 습관이 있던 나에게 소비는 충격적인 행복을 가져다주었다. 십여 년간 모르고 있었던 감정이 봇물처럼 터져 나오는 느낌이었다. 하지만 그 이면에는 일말의 불안함도 있었다. 무엇이든 첫 경험은 늘 불안한 법이다. 약 반년 정도 되는 시간 동안 별로 필요하지 않은 살림살이를 엄청 사들였다.

이 소비들은 경제적 타격과 함께 마음의 불안을 가져다주었다. 하지만 한편으로는 새로운 기쁨이 되어주었다. 누군가를 집에 초대하는 기쁨을 알게 되었다. 늦은 밤까지 이렇게 마음 편히 집에서 놀아본 적이 있었던가. 여름에는 캠핑 의자에 앉아 아이스커피를 마시며 나른해질 때까지 책을 읽었다. 겨울에는 따뜻한 전기장판 위에 누워서 빔프로젝터로 보고 싶었던 영화를 밤늦도록 보았다. 내 수준에서 집이라는 공간이 줄 수 있는 최고의 즐거움을 찾을 수 있게 되었다.

이사 온 지 일 년쯤 되자 이제 사고 싶은 것이 많이 없어졌다. 새로운 즐거움을 찾아야 마땅하건만 이제는 정말 필요한 것만 소비하려 한다. 소비에서 즐거움을 느끼지 못하게 된 것이 아니라 새로운 즐거움을 찾아보려 한다. 소비로 인한 즐거움도 좋았다. 하지만 진민영 작가의 『조그맣게 살 거야』라는 책을 통해, 꼭 필요한 소비만 하는 것도 대단히 큰 즐거움임을 알게 되었다.

크지만 조그맣게 사는 방법을, 좋은 소비를 하는 방법을, 우리를 위해 소비하는 방법을 찾아가려 한다. 불 같았던 잠시 동안의 소비 생활이 알려준 것은 결국 조그맣게 사는 삶의 즐거움이이었다. 단순히 소비 없이 사는 삶이 아닌, 마음이 충만한 삶을 위해 잠시나마 소비가즘을 끊어보겠다.

청양고추는 세 개가 적당하다

진하

싱크대와 침대가 한 방에 있던 곳에서 살다가, 부엌이 따로 있는 곳에 오니 너무 신이 났다. 싱크대도 넓고 화력 짱짱한 삼 구짜리 가스레인지도 있다. 주방이 방과 분리되어 있으니 삼겹살을 구울 수도, 고등어를 구울 수도 있다. 두 가지 이상의 요리를 두 명 이상이 한 번에 할 수도 있다. 편해지니 즐거워졌다. 내가 먹을 음식을 직접 준비해서 만들어내는 과정을 몇 번 반복하다 보니 욕심이 생겼다. 셰프는 아니지만 한 끼를 정성을 다해 준비하고 싶어졌다.

마늘을 다지고, 양파와 파를 썬다. 청양고추 세 개도 총총 썰어두고 고기도 먹기 좋은 크기로 잘라둔다. 고추장을 베이스로 한 양념장을 만들어 이것들을 기름에 볶아낼 것이다.

먼저 가스레인지 앞 작은 창문을 살짝 열고 환풍기를 튼다. 팬을 뜨겁게 달군 후 기름을 두르고 파를 넣어 볶다가 다져놓은 마늘을 반만 넣는다. 양파도 조금만 넣어 볶는다. 파 기름 냄새, 볶은 양파 냄새에 벌써 허기가 진다. 이때 고기를 넣고 볶다가 삼 분의 이쯤 익으면 고추장 소스와 함께 살짝 데쳐 미리 껍질을 벗겨둔 토마토 하나를 같이 넣는다. 고추장이 들어가는 요리에 토마토를 넣으면 맛이 한층 깊어진다.

이때쯤 밥솥에서 하얀 김이 피어오르며 따뜻한 밥이 완성된다. 남아 있는 다진 마늘, 양파, 청양고추를 넣고 아주 조금만 더 볶은 후 불을 끄고 팬에 남은 열로 채소를 조금 더 익힌다. 바로 옆에서는 계란국이 끓어오르기 시

작한다. 이 시간이 가장 조급해지면서도 기분 좋은 순간
이다. 새로 산 밥그릇과 접시, 수저와 컵을 세팅한다. 오
늘을 위해 며칠 전 사둔 차가운 맥주도 꺼낸다.

빨리 먹고 싶은 마음과 곧 느낄 행복을 기대하는 시간.

음식을 예쁘게 담아내고, 차가운 맥주 한 잔을 들이켜
고 넷플릭스를 보며 이 과정들을 만끽하면 된다.

맛있는 요리는 항상 정성이 가득하다. 내 요리가 정성
을 가득 담은 최고의 요리라고 스스로 말할 수는 없지만
맛있게 먹기 위해 그 순간 깊이 집중한 것은 사실이다. 그
리고 요리를 하다 보니 입맛이 생겼다. 나에게 맞는 간이
어느 정도인지 알았고 채소를 얼마나 익히는 것이 좋은
지, 고춧가루와 청양고추는 얼마나 넣는 것이 적당한지
도 알게 되었다. 그렇게 점점 할 수 있는 요리의 종수가
많아지고 요리하는 횟수도 많아졌다. 그렇게 또 하나 삶
의 기준이 정해졌다.

퇴근 후에 다른 거 할 것 없이 요리하고 설거지를 끝내
면 보통 자야 할 시간이다. 기분 좋은 포만감을 느끼며 샤
워를 하고 낮에 햇볕에 말려둔 수건으로 몸을 닦는다. 전
기장판을 켜두어 따뜻해진 이불 속으로 들어가 내일 해

야 할 일을 생각해보다가 자연스레 내일 점심엔 뭘 먹을까 고민해본다. 내일 퇴근하는 길에 마트에 들러서 꼭 사야 할 것들도 머릿속에서 정리해본다. 그러다 졸음이 스르르 몰려오면 목록이 다 사라져버린다. 내일은 내일 먹고 싶은 것이 다시 생길 것이다. 그때 마음에 따라 요리하고 맛있게 먹으면 된다.

내가 하는 요리는 엄마가 해주셨던 집밥처럼 깊은 맛이나 감칠맛이 있지도 않고 푸짐하지도 않고 영양학적으로 균형 잡힌 것도 아니다. 하지만 나는 이 집에 온 후, 요리에서 얻는 만족감이 굉장히 커졌다.

연락 없이 고향 집을 방문했던 날에 본 아버지와 어머니의 저녁 식탁은 너무 간소했다. 반찬이 세 개를 넘지 않았다. 숟가락만 하나 얹어 밥을 먹는데 어머니는 달걀 하나라도 더 부쳐주려고, 뭐라도 하나 더 주려고 분주하셨고, 편히 밥을 먹지 못하셨다. 집밥은 부모님의 마음이라는 것을 그때 비로소 알게 되었다.

오늘도 그날 부모님이 드시던 된장국과 김치, 멸치볶음을 생각하면서 내가 하는 요리에 정성을 쏟는다.

만리향과 수국

쓰레기로 산을 만들고 공원을 조성한 서울특별시 상암
동에 옛 난지도라는 곳이 있다. 1978년부터 쓰레기 매립
장으로 지정되어 십오 년간 생활 쓰레기부터 산업 폐기
물까지 약 구천 이백만 톤이라는 엄청난 양의 쓰레기가
쌓여 거대한 산을 이룬 곳이다. 2002년에 월드컵 경기장
이 지어지자, 쓰레기 산 위에 흙을 덮어 월드컵 공원을 조

성했다. 지금은 산책하고 등산하는 곳이 되고, 결혼사진 촬영을 하고, 캠핑을 하고, 억새 축제와 뮤직 페스티벌이 열리는 곳이 되어 아름다운 경관을 자랑한다. 하지만 여전히 그 아래는 쓰레기로 가득 차 있어 정상이 아닌 경사면에는 자연이 그대로 형태를 유지하기 힘든 상황이다.

'노을공원 시민모임'이라는 시민단체는 시민과 기업의 참여로 다양한 수종의 나무를 심어 옛 난지도 땅을 가능한 한 가장 자연 상태에 가깝게 유지하는 일을 한다. 나는 그 단체에서 일 년 반 정도 활동했다. 겨울을 제외하고 약 백만 평에 가까운 공원을 두 발로, 모든 짐을 수레에 싣고 다니며 누볐다. 산의 경사면에 나무를 심고 잡초를 제거했다. 해가 있을 때는 육체노동, 어두워지면 간단한 서류 작업을 했다. 일이 너무 고됐기에 다음 여름이 두려웠던 나는 잡초가 자라기 시작하는 따뜻한 봄날에 도망치듯 그만두고 나왔다. 활동에 대한 자부심이 컸지만 그 자부심만큼 노동의 강도도 컸다.

백만 평을 누비며 수만 그루의 나무를 관리하던 내가 지금은 열 그루 정도도 못 살펴 쩔쩔매고 있다. 처음에는 자신만만했다. 나름 나무에 대해서 많이 안다고 생각했고 이미 웬만큼 큰 나무들이었기에 쉽게 죽을 것 같지도 않았다. 나무들을 처음 봤을 때 주인아저씨가 가지치기를 너무 많이 해 나무들이 아파 보일 정도였다. 일단 한두 해는 나무들이 마음껏 자랄 수 있게 놔두려 했다. 가뭄이 심한 여름이나 건조한 겨울에 물만 정기적으로 주면 나무들이 충분히 건강할 것 같았다.

하지만 첫해 겨울 다 자란 천리향 한 그루가 처참하게 말라 죽었다. 도대체 뭐가 잘못이었는지 짐작도 되지 않았다. 산에서 자라는 나무와 마당에서 자라는 나무는 뭐가 다른 건가 싶기도 했다. 좁은 공간에 심긴 나무들이 서로의 뿌리를 내릴 공간이 없이 자라기만 한 건가 싶기도 했다. 부랴부랴 남은 나무들의 가지를 조금씩 치고 비료를 뿌렸다. 가지를 톱으로 잘라낼 때마다 나는 마음이 너무 아팠다. 나무들도 아플 것 같았다. 그렇게 조금씩 관리를 시작했다. 하지만 생각만큼 나무들이 건강하지 않았고 이미 죽은 천리향의 빈자리가 아프게 다가왔다.

쉬는 날 미은, 친구 P와 금정 화훼단지를 찾았다. 천리향을 대신해줄 나무가 있는지 찾아보기 위해서였다. 엄청나게 넓은 화훼단지를 꼼꼼히 살피고 만리향이라고 적힌 아이를 데려왔다. 작지만 뿌리가 튼튼해 보였다. 돌아가려는데 파란 수국이 미은이 눈에 띄었고 그 아이도 같이 데려왔다. 두 아이를 데리고 집으로 가는 길에 빗방울이 떨어지기 시작했다. 나는 좋은 징조라고 생각했다. 비를 좋아하기도 하지만 나무를 심을 때 비가 오면 좋기 때문이다.

집에 오자마자 옷을 갈아입고 비를 맞으며 삽질을 시작했다. 굵은 뿌리만 남은 천리향을 뽑아내며 미안하다, 미안하다, 마음속으로 계속 말했다. 그렇게 심은 만리향은 여름을 난 후 꽃봉오리를 피웠다. 데려올 때 파란색 예쁜 꽃을 자랑했던 수국은 아직 살아 있다. 하지만 파란빛을 잃었다. 꽃집을 오래 한 막내 삼촌에게 물어보니, 흙의 성질에 따라 꽃 색깔이 유지되니 일반 가정의 마당에서는 관리하기가 힘들 거라고 하셨다.

어쨌든 살아만 있어다오. 예쁜 꽃을 피우지 않아도 좋으니 살아만다오. 이 비좁은 정원에 큰 나무들을 여러 그루 심고 사람의 편의에 따라 자라면 자란다고 가지를 잘라내고 더 잘 자라라고 또 잘라낸다. 짧은 시간이지만 노을공원에서 많은 나무를 심으며 하나 깨달은 사실이 있다. 예쁜 꽃을 피우고 건강한 과육을 내기 위해 가장 중요한 것은 나무의 뿌리라는 것이다. 뿌리가 넓게 뻗을수록 나무의 건강함과 건장함이 결정된다고 배웠다. 집 정원의 감나무가 크기에 비해 맛있는 과육을 주지 못하는 것은 아마 그 이유이리라.

이번에 데려온 만리향과 수국을 제외하면 대부분 그냥 둬도 죽지 않을 정도로 자라 있다. 내 역할은 가뭄이 들면 물을 주고 잡초가 자라면 정리해주고 비정상적인 벌레가 꼬이면 제거해주는 것이다. 가지를 치는 일은 정말 신중하려 한다. 자연스럽게 건강할 수 있도록 최대한 많은 간섭은 하지 않겠다. 비좁은 정원에서 자라는 나무들이다. 이미 주어진 상황들이니 탓하지 않고 꾸준히 관심을 주면 더 건강히 자라리라고 믿는다. 최소한의 관심을.

마당의 사계

미은

처음 주택으로 이사한 날은 4월의 마지막 날. 이사 후 얼마 지나지 않아 장미가 흐드러지게 폈다. 장미가 꼿꼿하게 설 수 있도록 지지대를 받쳐 묶어주었다.

장미가 질 무렵, 대문 위 작은 텃밭에는 부추와 상추가 가득했다. 삼겹살을 먹을 때마다 부추를 따서 고춧가루와 멸치액젓, 약간의 식초, 설탕과 버무려 함께 쌈을 싸먹었다.

　장미 옆에 있던 나무에서도 초록색의 잎이 났다. 감나무였다. 감나무 잎은 우리가 키우는 토끼 리리가 제일 좋아하는 간식이다. 반질반질하고 큰 잎이 나기에 우리는 깨끗하게 헹궈 리리의 간식으로 주었다. 감나무에 열린 감은 우리가 수확하기엔 너무 높았고, 까치의 밥이 되었다. 못 먹는 감이었다.

　감나무 옆 큰 나무 한 그루가 더 있었다. 그 나무는 우리 마당에서 가장 큰 나무다. 처음부터 크기에 놀라 어떤 나무인지 궁금했다. 어느 날엔 그 큰 나무에서 귤처럼 열매가 열렸다. 내가 아는 귤나무보다는 커서 귤이 아니라는 것은 알았다. 귤같이 생긴 열매는 시간이 지나자 조금 더 커졌다. 혹시 한라봉이나 천혜향인가도 생각했다. 고민만 하다가 잘 익어 떨어진 열매를 손에 쥐고 냄새를 맡았다. 유자였다. 우리 마당에 유자가 있다니!

　놀람과 함께 의지가 생겼다. 유자청을 담가보겠다! 잘 익은 유자를 네 개 정도 수확했다. 게으른 내 손에 들어온 네 개의 유자는 싱싱한 시절을 주방에서 보내고 노란빛을 잃어갈 무렵 마당의 비료 신세가 되었다.

봄, 여름, 가을, 진하는 부지런히 마당에 물을 줬다. 겨울이 되고는 진하도 나도 마당에 무관심해졌다. 담을 뒤덮고 있던 담쟁이도 잎이 바싹 말라 떨어지고, 모든 나무의 잎이 하나씩 갈변하여 떨어졌다. 예쁘고, 아름다웠던 모습은 사라지고, 스산했다.

다시 봄이 되자 마당에 천리향이 피었다. 천리향은 작은 나무인데, 세 그루 중 두 그루가 겨울 사이 우리의 무관심 탓에 죽고, 한 그루만 살아남았다. 집에 들어서는 골목에서부터 천리향 냄새가 났다. 천리향은 서향이라는 이름도 가지고 있다. 향수의 원료로 쓰인다고 들었다. 가히 그럴 만한 꽃이었고 향기였다.

천리향이 한창일 때, 언제 필까 궁금했던 동백의 봉오리가 활짝 피었다. 동백꽃은 걱정될 정도로 한 나무에 많이도 활짝활짝 피었다. 동백꽃이 하나, 둘 떨어지고 나면 장미의 새 잎이 반질반질하다. 처음 만났던 모습 그대로 장미가 흐드러지게 폈다.

최근 유자나무를 올려다봤다. 청귤 같은 유자가 주렁주렁 매달려 있었다. 물을 주지 못해도 쏟아지는 비와 햇볕이 우리 대신 유자나무를 키웠다. 하루하루 커지는 유자를 바라보며 생각한다.

　'올해는 내가 유자청을 담글 수 있을까?'

전쟁의 기술

미은

원룸이나 아파트에 살면 관리비를 내고 분리수거의 편리함을 살 수 있다. 음식물쓰레기도 생길 때마다 밖으로 내고, 플라스틱, 스티로폼, 각종 분리수거물도 외출할 때마다 하나씩 챙겨 버릴 수 있다. 하지만 주택은 그럴 수 없다. 모아서 투명한 비닐에 감싸 정성스럽게 배출해야만 한다. 분리수거물은 음식물쓰레기에 비하면 애교다.

음식물쓰레기가 제일 골칫덩이다. 여름에 수박이 먹고 싶다면 세 번에 두 번은 참는다. 수박껍질을 버리려면 매우 수고스럽기 때문이다. 그 수고스러운 마음을 식욕이 이겨낼 때, 그때 수박을 살 수 있다.

처음 주택에 살기 시작한 지 얼마 되지 않았을 때 바퀴벌레가 나왔다. 내가 그들의 집을 침범한 것은 아닌가 싶을 정도로 가끔은 가족 단위로 나와 퇴근하는 나를 반겼다. 강력한 약으로 그들을 멋지게 박멸했다. 하지만 바퀴벌레가 사라지자 개미가 나왔다. 검정 개미를 보니 반가웠다. 바퀴벌레와 개미는 같이 살지 못한다는 말을 들은 적이 있어서다.

하지만 개미도 한두 마리 왔다 갔다 할 때나 반갑지. 줄줄이 기어다니는 모습을 보고 있으니 환공포가 생길 지경이었다. 날개를 단 큰 개미가 출현했을 때는, 바퀴벌레가 다시 나올지라도 이 개미들부터 족치자는 마음이 들었다. 개미 떼는 바퀴벌레 떼보다 더 오래 걸렸지만 박멸해냈다. 진하와 나는 주택으로 이사한 후, 한 달 동안은 세스코 직원 같았다. 여러 수단을 동원하여 집요하게 매달린 끝에 해충을 박멸했다.

현재는 곰팡이와 전쟁 중인데 이 전쟁에선 지고 말았다. 지금은 포기하고 이름을 지어주기로 했다. 거실에 있는 친구들은 두 눈 뜨고 보기 괴로워 검버섯이고, 옷 방에 있는 친구들은 디멘터(dementers)다. 주변의 플러스적인 감정을 흡수해서 마이너스로 만들어버리는 디멘터처럼 우울하고도 강력하기 때문이다.

여름이 되면 주택에서 가장 많이 마주하는 해충은 모기다. 모기 얘기를 하려면 인도 얘기를 또 해야 한다. 인도 모기는 인도인보다 외국인의 피를 더 좋아한다. 우리가 새로운 맛에 열광하듯 모기도 외국인의 새 피를 좋아한다.

인도에서 지내던 때, 나는 진하 옆에 항상 붙어 앉았다. 물론 많이 좋아해서지만 또 다른 이유가 있었다. 진하 옆에 있으면 모기가 진하만 물어댔기 때문에 나는 물리지 않았다. 신기했다. 같은 외국인이라도 나는 상대적으로 맛이 없었나 보다. 진하는 인도 모기들의 맛집이었고, 나에게는 모기향이었다.

주택에 살아보니 모기들이 들어올 만한 틈들이 너무 많이 보였다. 원룸에서야 모기가 들어올 만한 곳들이 뻔하다. 숨어 있을 만한 곳도 서너 군데뿐이다. 나는 모기를 잘 잡는다. 어디 가서 특기를 물어보면 모기를 잘 잡는다고 말할 수 있을 정도다. 다만 진하와 같이 살다 보면 이 장기를 숨기곤 한다. 어차피 모기를 잡지 않아도 나는 물리지 않으니 게을러진 것이기도 하다.

하지만 게으른 내가 모기를 잡을 때는 이유가 있다. 모기를 짝! 소리 나게 잡고 났을 때 나를 바라보는 진하의 표정 때문이다.

어느 날 진하는 모기를 견딜 수 없었는지 마트에서 모기향을 잔뜩 사 왔다. 노을이 지기 시작하면 작은 스테인리스 받침 위에 모기향을 하나 피운다. 모기가 들어오는 제일 넓은 통로인 마당과 거실 사이, 현관에 모기향을 피운다. 원룸에서 에프킬라와 내 두 손으로 모기를 퇴치했다면 주택에선 모기향이 꼭 필요했다. 모기향을 이겨내고 방까지 들어온 용감한 모기 친구들은 여전히 내 두 손으로 처리한다. 그럴 때마다 진하는 나를 대단한 사람처럼 바라본다.

문제가 많아 행복합니다

진하

주택은 관리하기가 힘들다는 말을 많이 들어왔다. 뭐 그리 관리할 것이 많을까 싶었는데 직접 손이 가야 하는 것들이 많긴 했다. 어느 날은 갑자기 대문 전구가 들어오지 않고, 어느 날은 현관 전구가 들어오지 않았다. 주방 전구도 나갔다. 현관 손잡이가 문에 긁히고 덜렁거렸다. 방충망이 떨어졌다. 겨울을 버티지 못하고 마당 천리향

두 그루가 죽었다. 4월에 설치한 후 7월에 처음 켠 에어컨이 시원하지 않았다. 나뭇잎은 가을에만 떨어지는 게 아니었다. 사계절 내내 마당에는 나뭇잎이 쌓였다. 마당 있는 집에서 아침마다 비질하는 소리가 나는 이유가 있었다.

전구야 갈아 끼우면 그만이라 생각했건만, 오래된 전선을 다 뜯고 새로 교체해야 했다.

손잡이야 갈면 그만이라 생각했건만, 애초에 문에 맞는 손잡이가 없어 덜렁거리던 거였다. 철물점 아저씨가 오셔서 새 손잡이를 자르고 지지고 볶은 후에야 정상적인 손잡이가 되었다.

방충망은 애초에 미닫이가 아닌 고정형이라 한동안 청테이프를 붙여 두었었는데 여름 태풍 후 다시 덜렁거려 다시 못을 박아 고정했다.

죽은 천리향에게는 미안했다. 이사 오고 그해 겨울에 죽었으니 내 탓이리라. 이미 죽은 나무는 뿌리도 힘이 없어 뽑기가 수월했다. 나무도 생명인데 죽어가는 것을 몰랐던 내가 나빴다.

푸른색 수국과 꽃이 살짝 피어 있는 만리향을 사서 그

자리에 심었다. 비가 많이 내리는 날에 심어서 그런지 몇 달 지났는데도 아직 잘 살아 있다. 벌써 벌이 꼬이고 나비가 앉는다. 나무에겐 통각세포가 없지만 괜히 아플 것만 같아서 가지는 최대한 자르지 않으려고 한다. 자연스럽게 자랐으면 좋겠다.

처음으로 내 손으로 산 에어컨인데 실외기가 고장이 나서 기사님을 불러야 했다. 나는 더워 죽어가고 있는데 기사님들은 바빠서 바로 올 수 없었다. 설상가상 당시 길냥이였던 미미가 신발장에 있는 에어컨 배관을 스크래처로 사용하는 바람에 너덜너덜해졌다.

이 집에서 겨우 반년 살았는데 액땜이 심하구나 하고 넘겼다. 뭐가 이렇게 문제가 많은지 이쪽을 막으면 저쪽이 터지는 느낌이었다.

사람 사는 집에 거미줄은 왜 이렇게 많이 생기는지 모르겠다. 언젠가부터 거미와는 그냥 동거하기로 했다. 모기라도 많이 잡아줘.

그래도 하나하나 해결해나가면서 만족스러운 것도 있었다. 내 힘으로 이 집을 점점 불편하지 않게 만들어간다는 생각을 하면 기분이 좋다. 내 하찮은 손길로 금방 새로워지는 공간이 되고 물건이 된다는 느낌도 좋다. 또 사실 별거 아닌 거 알면서 고쳐두면 대단하다며 치켜세워주는 미은이가 고맙고 좋다. 손길 하나하나 닿으면서 점점 내가 사는 집이 되어가고 있다는 생각이 든다. 언젠가 이 집을 떠나겠지만 사는 동안 행복해서 얼마나 다행인지 문득문득 입가에 미소가 번진다.

3장

골목길이 있는 동네

텃세

진하

    새로운 동네로 이사를 할 때마다 상상을 하곤 했었다. 음식을 나누고 반갑게 인사할 수 있는 이웃을 만나는 상상. 이웃이라는 것 말고는 아무런 연이 없는 사람이어서 세상 불평불만을 해도 아무런 걱정이 안 되는 사람이 있으면 좋겠다는 환상이 있었다. 하지만 한 번도 그런 이웃을 만나기는커녕 이웃과 대화 한 번 제대로 나누지 못하고 살아왔다.

이번에도 조금 기대를 했다. 어르신들이 많이 보였지만 또래가 아예 없지는 않겠지 했다. 하지만 역시 이번에도 환상은 환상에 그쳤다.

이사를 들어오는 날, 처음 보는 할머니 한 분이 너무 뻔뻔하게 대문을 넘은 것도 모자라 현관까지 들어와 대충 고갯짓으로 인사를 하며 부부냐, 몇 살이냐 등등 사생활을 캐물으셨다. 심지어 이 집 전세금을 얼마나 주고 들어왔냐고 물었다. 이삿짐에 치여 정신도 없고 설레기도 했던 나는 누구냐고 물어보지 않고 들뜬 기분에 모든 질문에 순순히 대답을 하고 있었다.

전세금이 얼마라는 말에 고개를 끄덕이고는 그대로 사라진 그분의 정체는 이틀 뒤에나 알게 되었는데 바로 옆집 할머니였다. 그렇게 첫날부터 옆집과 조금 비틀어진 관계가 시작되었다.

옆집과 우리집은 같은 장소에 쓰레기를 내놓는다. 원룸에서는 분리수거함이 있으니 거기 넣어두면 청소하시는 분이 날짜에 맞게 밖으로 내가셨다. 하지만 이제는 우리가 알아서 날짜에 맞춰 쓰레기를 내놓아야 했다. 나는 재활용 쓰레기 분리를 잘하는 편이었는데도 엄격한 부산 재활용 업체 기준에는 통과하지 못했다. 우유팩은 다 펼쳐서 물에 헹군 뒤 말려서 내놓아야 한다. 그렇지 않으면 절대 수거해가지 않는다.

그렇게 기준에 통과하지 못해 수거해가지 않는 쓰레기가 쌓이는 경우가 있었는데, 옆집 할머니는 쓰레기가 조금만 남아 있어도 나에게 얘기했다. 옆집과 우리집이 쓰레기를 버리는 곳에 재활용 쓰레기가 남아 있으면 우리집에서 버린 것이라고 추측했던 것이다. 우리는 그렇게 이웃에 민폐끼치는 불성실한 사람들로 오해받고 있었다.

집 앞에서 마주칠 때마다 우리가 이 집에 오기 전까지는 없었던 일이라는 뉘앙스로 조용히 말씀하시는데 듣고 있자니 다 우리 탓으로 돌리는 것이어서 나도 조금씩 짜증이 났다. 그냥 잘 치우겠다 얘기하고 넘어가면 됐을지도 모르겠다. 하지만 나는 오해받는 것이 싫어서 "우리 저런 거 먹은 적 없어요."라며 받아쳤다.

고작 그런 일에 짜증을 내다니 나도 아직 멀었다. 사실 예전에 나는 내가 버린 쓰레기가 아니라도 눈에 보이면 대신 치우는 사람이었다. 그런데 그 사건 이후로는 딱 내가 버린 쓰레기만 치우기로 했다. 이후 옆집 할머니는 동네 다른 곳에서 나를 봐도 절대 알은 체를 하지 않으셨다. 옆집 할머니의 동네 네트워크가 대단하겠지만 신경 쓰지 않기로 했다.

사실 텃세라고 하기엔 과하지만 다른 표현이 생각나지 않는다. 서로가 생각하는 상식의 범위가 달라서 생긴 일일 수도 있다. 그렇다면 옆집 할머니와 나는 가까워질 수 없는 사이다. 옆집 할머니는 평생을 그런 방식으로 살아왔으니 그럴 수 있고 나는 그분보다 훨씬 짧은 세월을 다른 방식으로 살아왔으니 서로 이해하기가 어려웠다.

그렇게 생각하며 일 년여를 지냈다. 그 후로 다른 교류나 소통은 없었지만 나는 버려진 쓰레기를 다시 치우기 시작했고 옆집 할머니도 더는 쓰레기 문제로 나에게 얘기를 하지 않으신다. 동네에서 마주치게 되었을 때 인사를 드리면 할머니도 살짝 미소 지으며 웃는 얼굴로 고개를 숙여주신다. 할머니들 손주가 왔는지 옆집 대문이 열려 있고 아이들 웃음소리와 삼겹살 굽는 냄새가 나는 날에는 내가 쓰레기나 골목을 더 신경 써서 치운다.

시간이 지나, 나와 옆집 할머니는 서로를 그러려니 하기로 한 듯하다. 이사를 오면서 아무것도 해드리지 못했지만 떠날 때는 작은 선물 하나 드리며 잘 봐주셔서 감사하다 꼭 인사드릴 생각이다.

골목이 있는 동네

미은

    어릴 적엔 친구들과 놀았던 골목과 집에서 나설 때의 골목, 집으로 돌아올 때 골목이 늘 달랐다. 미로처럼 얽히고설킨 골목을 따라 걸으며 다양한 풍경을 구경하는 게 좋았다.

    골목골목을 누비던 친구들과는 날마다 미니 운동회를 열었다. 노래를 부르며 고무줄놀이를 하고, '무궁화 꽃이 피었습니다' 놀이를 하고, '골목 계주'도 하고, 학교가 끝나면 해가 지고 어둑어둑해질 때까지 골목에서 뛰어놀았다. "밥 먹어라." 하고 누군가의 엄마가 부르면 그제야 하나둘 집으로 돌아갔다. 오밀조밀 모여 있는 주택들을 이어주는 골목이라는 공간은 어린 시절의 기억 때문에 더 익숙하고 좋다.

어린이집, 유치원이 많은 우리 동네 주택가에는 내가 살던 골목처럼 아이들의 웃음소리가 많이 들린다. 한 명이 울기 시작하면 여러 명이 따라 우는 소리가 들리기도 하고, 웃음소리만 계속 나기도 한다. 한 번은 집으로 가던 길에 밖에 나와 있는 아이들을 만났다. 어린이집에 다니는 아이들이었다. 네 살이나 다섯 살쯤 되었으려나. 너무나 작고 귀여웠다.

선생님 손을 꼭 잡은 여자애 하나가 나와 진하를 보며 "안녕하세요." 하고 인사를 했다. 우리가 안 보일 때까지 계속 "안녕하세요"라고 했다. 인사성 좋은 여자아이를 따라 같이 나와 있던 친구들도 우리에게 인사해주었다. 가끔 들리는 아이들의 웃음소리만으로도 기분이 좋은데 인사까지 해준다. 골목에서 마주치는 아이들의 순수함은 마음을 따뜻하게 해주었다.

주말 새벽엔 등산복을 갖춰 입은 사람들이 집 앞 골목을 다닌다. 뒷길로 이어진 등산로를 이용하는 동네 주민들이다. 밝은 옷 행렬 덕분에 동네가 가을 단풍이 든 것만 같다.

선선한 저녁이 되면 어딘가에서 한참 낮잠 자던 고양이들이 나와 느릿느릿 골목을 거닐고, 포대기에 어린아이를 등에 업고 산책을 하는 할머니가 있다. 아이의 엉덩이를 손으로 받치고 좀처럼 잠들지 못하는 아이를 재운다. 동요를 부르기도 하고 귀에 익은 자장가를 부르기도 한다. 잠들기 시작하는 아이 옆으로 강아지들이 산책하며 지나간다. 특히 자주 보이는 품종은 시바다. 큰 덩치의 시바 녀석은 골목 구석구석 냄새를 맡으며 스트레스를 푼다. 한 번은 시바에게 인사를 했는데 사람을 좋아하는 녀석이 나를 너무 반겨주었다. 민폐가 될 것 같아 지금은 시바의 주인인 아주머니와 간단히 인사만 하고 지나간다. 이렇게 골목에서 자주 마주치는 사람들과 인연을 맺기도 한다.

오전 업무를 끝내고 집으로 들어오던 어느 날이었다. 작은 골목을 따라 집 하나를 지나면 우리 집이다. 골목에 들어서는데 옆집 창문에 크게 붙은 말벌집을 발견했다. 벌들이 왱왱거렸다. 어릴 적 성묘를 하러 갔다가 아버지가 말벌에 쏘여 아버지의 한쪽 손이 반대쪽 손의 두 배만큼 부풀어 올랐던 기억이 났다.

할머니 한 분이 사시는 집이라고 알고 있던 터라 고민 없이 벨을 눌렀다. 벨을 누르자마자 문이 열려서 들어가야 하나 말아야 하나 고민하다가 밖에서 할머니를 불렀다. 참고로 이 할머니는 우리가 이사 들어온 날 우리 집이 얼마인지 물어봤던 옆집 할머니다. 할머니는 문밖으로 천천히 걸어 나와 나에게 무슨 일이냐고 물었다.

"커다란 말벌집이 자리를 잡아서 위험해 보여서요. 119에 신고하면 말벌집을 제거해줄 거예요."

말벌집을 보자마자 기겁한 할머니는 고맙다며 집으로 들어가셨다. 다음 날 저녁 그 집 창문에 붙어 있던 말벌집은 흔적도 없이 사라졌다.

큰 대로변을 오가는 사람과 사람 사이는 좀처럼 가까워지기 힘들다. 주택과 주택 사이의 좁은 골목은 사람과 사람 사이의 간격을 좁혀주어 마음도 쉽게 열게 된다. 가까워지는 사람이 많을수록 피곤한 일도 많아지지만 그에 비례하는 만큼 혹은 더 많은 덕을 보기도 한다.

사람은 관계 속에 살아간다. 내게 골목은 여전히 관계를 만들어주는 역할을 한다. 그런 관계들이 언제나 분명한 형태로 나에게 돌아오진 않는다. 그저 골목의 삶을 엿보는 것만으로도 가끔 웃을 수 있고, 가끔은 살아가고 있음을 온몸으로 느낄 수 있다.

고양이 이웃

미은

진하와는 쉬는 날이면 골목을 따라 동네 구석구석을 산책한다. 선선한 봄, 초여름 저녁, 가을이면 더 좋다. 진하의 땀 가득한 손을 잡고 걷는다. 저녁을 과하게 먹은 날의 늦은 저녁, 쉬는 날의 늦은 오후 시간이면 걸으러 나간다. 특히 처음 이사를 오고 더 많이 걸었다. 우리가 사는 동네를 눈에 익히고 즐기는 방법이었다. 골목 구석구석

고양이들을 위한 밥그릇이 대문 앞에 있는 집이 많았다. 작은 사료 그릇과 물 그릇이 나란히 있었다.

'이 동네 참 따뜻하구나.'

대낮에 집으로 돌아오는 길이면 꼭 들르는 골목이 있다. 고양이 세 마리를 키우는 집이다. 일층짜리 주택인 그 집은 방범창과 방충망 사이로 밖을 구경 나온 고양이들이 있었다. 어떤 날은 벵갈이고, 어떤 날은 아비시니안. 둘 다 나란히 앉아 있는 날은 로또라도 당첨된 듯 기뻤다. 그땐 두 마리 다 봤다며 진하에게 자랑의 카톡을 남겼다.

고양이들은 호기심 가득한 눈으로 밖을 쳐다보고, 지나가는 나에게도 눈으로 인사해주었다. 깜빡하고 스르르 눈을 감았다가 뜨면 그 친구들도 눈을 스르르 감았다가 떠주는 것이다. 다행히 사람을 별로 두려워하지 않는 모양이었다.

집 근처 사거리엔 세탁기 뒤에서 고양이를 발견해 건강하게 키우는 '고양이 확대범' 아주머니가 산다. 가끔 지나다가 고양이를 주제로 아주머니와 이야기를 나눌 때가 있는데 일요일엔 〈동물농장〉을 주제로 대화한다. 티비가 없는 우리 집은 〈동물농장〉을 제때 볼 수 없으니 아주머

니를 통해 가끔 티비를 본 듯 생생하게 〈동물농장〉의 줄
거리를 챙긴다. 최근에는 길고양이를 향해 활을 쏘는 범
죄자의 이야기를 들었다. 나와 아주머니는 같은 마음으
로 분노하고, 안타까워했다. 아주머니는 고양이 두 마리
를 키우는데 두 마리 중 한 마리가 구조할 때부터 건강이
좋지 않아 병원비가 많이 들었다고 했다. 작은 생명을 소
중히 여기는 아주머니가 이웃으로 있어줘서 든든하고 고
마웠다.

동네에서 마주하는 고양이들은 구역이 거의 정해져 있
는 편이다. 우리 집으로 자주 놀러오고 마당에 밥을 먹으
러 오는 친구들은 이름도 지어주었다. 서로 싸우지 말아
줬으면 하지만 사료를 고봉밥으로 쌓아줘도 싸운다. 싸
우는 소리에 행여 동네 주민들이 고양이 밥 주지 말라고
나를 말릴까 두려웠다.

옆집 이층집 아주머니가 우리 집 마당을 내려다보며
"아가씨가 참 착해. 고양이들 밥도 챙기고."라로 얘기하
신 적이 있었다. 난 괜히 뜨끔해서, 지난 새벽에 고양이들
끼리 싸우는 소리를 듣고 내게 밥을 주지 말라고 압박을
하는 것인가 고민이 됐다. 하지만 아주머니는, 최근 싸우

는 고양이들을 보며 이 까만 녀석이 자꾸 흰 녀석을 괴롭혀서 밥도 제대로 못 먹고 간다고 본인이 간식을 좀 챙겨 줬다고 하셨다. 나는 머쓱해졌다. 있는 그대로 나를 착하다고 칭찬해주셨던 것인데 삐딱한 나는 말 그대로를 받아들이지 못하고 괜히 눈치를 보고 말았다.

우리 집 마당에 자주 오는 고양이 중 한 녀석은 삐쩍 마른 검정색과 흰색이 섞인 고양이인데 자꾸 다른 고양이들을 괴롭히고 못살게 굴어 '스카'라는 이름을 지어주었다. 얼굴은 정확히 배트맨 모양새다. 스카는 영화 〈라이언킹〉에 나오는 악역 사자 이름이다. 맞다. 나는 라이언킹 덕후다. 아무튼. 이 작은 고양이는 몸에 비교해 목소리가 너무나 커서 밥을 먹으러 오면 그렇게 티를 낸다. "주모- 여기 국밥 한 그릇 주시오."라고 말하듯. "냐아아아-"하고 온다. 조용히 좀 해줬으면 좋겠는데 그렇게 나를 부르고 마당에서 벌러덩 누워버린다. 누워서도 한참을 소리친다.

"여기 물 한 잔 주시오." 하는 고양이들의 소음 속에서 아직은 한 번도 고양이에게 밥을 주지 말라고 항의하는 이웃은 없었다. 가끔 싸우고, 가끔 소리치는 고양이들을

이웃으로 인정하고 용서해주고 있는 걸까. 하지만 언젠
가 고양이의 식사를 말리는 이웃이 찾아올 때를 대비해
고민 중이다. 고양이와도 우리 같이 이웃이 되어보자고
설득할 수 있는 아주 좋은 말을 고민 중이다.

토끼 리리

미은

첫 직장 생활은 대학을 나온 부산에서 했다. 회사 근처 원룸에서 생활을 시작했을 때, 친한 동생이 미국으로 유학을 떠나며 토끼 한 마리를 내게 맡겼다. 암컷이었고, 온통 하얀 털에, 연한 갈색 털이 조금 있는 뽀얀 아이였다. 이 친구의 이름은 '리리'다. 우선 일 년만 맡겠다고 말했다. 하지만 살아 있는 동물과 일 년만 지내고 이별을 한다는 건 애초에 불가능한 일이었다. 내가 아니더라도 누구나 살아 움직이는 생명체와 일 년만 같이 지내고 헤어지라고 한다면 '정' 때문에 이별을 힘들어할 것이다. 그렇게 리리는 내게로 와 열한 살 할머니가 되었다.

원룸에서 지내면서 리리에게 나는 그리고 진하는 죄인이었다. 원래 주인은 꽤 넓은 공간에 리리를 키웠었는데, 나와 함께한 순간부터 열한 평 남짓한 공간에서 생활했다. 이 킬로그램 조금 넘는 작은 생명체가 얼마만큼의 공간이 필요한지 가늠이 되진 않지만 어쨌든 넓은 집에서 좀 더 작은 집으로 이사한다면 답답하지 않을까.

그래서 리리를 우리에 가둬두지 않았다. 리리가 침대 위로 올라오면 같이 놀았고, 사고를 쳐도 혼내지 않았다. 리리가 가장 많이 친 사고는 전선을 물어뜯는 일이었다. 특히 리리는 흰 전선을 좋아했다. 검정 색 전선은 거들떠보지 않았다. 하얀색 이어폰을 식탁 위에 뒀을 때 식탁까지 뛰어올라 이어폰 줄을 물어뜯기도 했었다. 그래도, 무슨 짓을 해도 예뻤다.

리리와 보낸 팔 년 동안 리리는 나보다 더 빨리 늙었다. 리리의 하루와 나의 하루는 달랐다. 리리는 이미 자궁암

수술을 한 차례 겪은 아이인데, 열 살이 되자 유선암이 생겼고, 그 암 덩어리는 자꾸만 커져만 갔다. 마당이 있는 넓은 집에 리리를 내려두었을 때, 리리는 신기한 듯 이 방 저 방 킁킁거리며 뛰었다. 그 모습을 보자 진하와 나는 전셋집 빚 걱정도 남 일처럼 느껴졌다.

원룸에서 지낼 때의 리리는 활동량이 많지 않았다. 한곳에 오래 누워 있는 모습을 볼 때마다, 꾸벅꾸벅 졸기만 할 때마다, 리리가 늙어서 그러려니 생각했다.

주택에 이사한 후, 리리는 처음 봤을 때보다 훨씬 사고뭉치가 되었다. 방 한쪽의 장판을 다 뜯어 시멘트 바닥을 보이고, 몇 년 묵었을 벽지 속 벽지 무늬도 내게 보여주었다. 그런 리리를 볼 때마다 나는 "우리 리리 젊어졌네" 하고 웃었다.

동물의 건강이 의심되는 때는 밥을 제대로 먹지 못할 때다. 주택으로 이사 오고 한참을 활발하던 리리가 어느 순간 밥을 먹지 못했다. 좋아하던 미나리를 잔뜩 줘도 한 입 먹을까 말까였다. 밥을 거부하는 행동은 가장 위험한 신호다. 리리를 데리고 병원에 갔다. 병원에서는 토끼가 유독 자궁암과 유선암에 취약하다며 수술을 권유하면서도 나이 때문에 수술 자체가 위험하다고 했다. 암이 있다는 것을 알고 있었다. 하지만 리리의 나이가 걱정되어 계속 거절했던 수술이다.

결국… 이별은 피할 수 없게 됐다. 길어도 이일에서 삼일이라고 했다. 상견례를 코앞에 두고 있었던 우리는 상견례를 미뤄야 하는 걸까 생각했다. 리리는 떠나는 날까지 우리를 위했는지 상견례 당일 새벽 우리를 떠났고, 저녁이었던 상견례 전에 리리의 장례를 치를 수 있었다. 아침부터 펑펑 울어서 상견례 자리에서 무슨 얘기를 했는지 제대로 기억나질 않는다.

그렇게 2019년 2월 23일 새벽, 리리가 우리 곁을 떠났다. 의사 선생님은 우리에게 토끼를 열한 살까지 이렇게 건강하게 키우기도 힘들다며 위로해주셨다. 보통은 잇몸이 녹아내리고 발이 짓무르기 쉽다면서. 의사 선생님이 해주신 말은 리리를 보낼 때 아주 조금의 위로가 되었다.

그래도 좀 더 잘해줄 수는 없었을까 하는 후회가 많이 남았다. 좋아하던 미나리 실컷 사줄걸. 살이 좀 찌더라도 간식 좀 넉넉히 줄걸. 집으로 들어설 때마다 리리의 흔적과 추억이 나를 괴롭혔다. 소파 옆에 앉아 있을 때면 리리가 다가오는 것 같은 착각도 들었다.

　지금도 가끔 리리가 먹던 건초 부스러기가 그리고 리리의 털이 나올 때면 눈물이 난다. 기나긴 원룸 생활 동안 나를 위로해줬던 리리가 나를 떠났다는 사실은 텅 빈 큰 방을 볼 때 더 뚜렷해졌다.

고양이 미미

미은

    진하와 나는 동물을 참 좋아한다. 서울에서 살 때도 집 앞에 어미 잃고 우는 고양이 두 마리를 구조해서 삼차 예방접종에 중성화 수술까지 끝내고, 부산에 사는 내 친구에게 입양을 보냈다. 난 가방에 고양이 간식을 챙겨 길고양이를 만날 때 주기도 했다. 그래서 주택에 살게 되면 마당에 놀러오는 길고양이에게 밥도 챙겨주자고 마음먹었다. 어떤 친구가 올까 기대도 했다. 개를 키우던 집이어서 그랬는지 한동안은 집 주변에 고양이 그림자도 보이지 않았다. 골목 어귀에서 어슬렁거리는 고양이들은 보였는데, 다른 집에서 밥을 잘 챙겨주는 듯 보였다. 찾아오는 고양이도 없는데, 밥을 줄 순 없었다. 그렇게 몇 달이 흘렀다.

지하철역 근처 슈퍼에서 장을 보고, 종량제봉투에 식료품을 담아 집으로 들어오는데, 길고양이 한 마리가 봉지 소리를 듣더니 내게 뛰어와 다리에 이마를 콩- 부딪혔다. 부비적거리며 꼬리도 붕붕 흔들었다. 내가 기대했던 치즈나 고등어 태비나 젖소 무늬가 아닌 아주 뽀얀 터키쉬 앙고라였다. 미용도 된 상태라 주인이 있는 것 같았다. "친구야- 간식이 없어. 다음에 놀러와." 하고, 어루만져 주었다.

그날부터 매일 매일 퇴근길, 그 아이는 내게 애교를 부리러 왔다. 어떤 날은 아침에도 왔다. 그러다 간식을 사서 집에 쟁여두고 한 번씩 줬다. 어떤 날은 "미미야-" 부르는 소리와 함께 고양이가 사라졌다. 이름이 '미미'인가보다 생각했다. 외출하는 고양이인가 싶어 주변에 물어보니, 우리 집 쪽 골목의 어딘가에서 이사를 나간 뒤부터 이 아이가 계속 보인다고 했다. 어쩐지 미미는 자꾸만 꼬질꼬질해져갔다. 미미를 처음 본 것이 6월이었고, 본격적으로 밥을 주기 시작한 것은 7월이었다.

지금 사는 집에서 가장 마음에 드는 공간은 사실 현관이다. 문을 열면 두 평 정도 되는 좁은 공간에 신발장이 있고, 신발장 앞에 저렴한 나무 데크를 설치해서 캠핑 의자 두 개를 두었다. 또 하나의 문을 통과해야 거실이 나온다. 굳이 우리는 현관 캠핑 의자에 앉아 커피를 마시면서 책을 읽었다. 여름에는 마당의 나뭇잎들이 바람에 불어 서로 부대끼는 소리를 들으며, 책을 읽는 것이 행복이었다. 그 공간에 캠핑 의자 두 개와 미미의 식탁이 추가되었다. 미미의 물과 사료를 수시로 갈아주었고, 미미도 내 무릎 위에 올라와 단잠을 잤다. 어떤 날은 진하의 배에 꾹꾹이도 했다. 언젠가 찾아올지도 모를 미미의 주인을 미미와 우리는 기다렸다. 그렇게 7월이 지나고, 8월이 지났다.

2018년의 여름에는 크고 작은 태풍이 두세 번 있었는데, 그럴 때마다 미미를 걱정했다. 현관 안에만 있으면 좋으련만 걱정되는 내 마음과 내리는 비 따위는 아랑곳하지 않고 비가 조금이라도 그치면 동네를 어슬렁거리다 돌아왔다.

처음의 태풍이 끝나자 미미는 쥐를 물어왔다. 우리 집 뒤로 황령산이 있어서일까. 어쩜 미미는 이렇게 큰 놈으로 잡은 걸까. 퇴근하던 길 진하는 쥐를 보고 놀라 환호하며 춤췄다. 주택이란 마당이 있어 얼마나 다행인가. 삽으로 쥐를 들어 마당 구석에 묻어주었다. 미미는 꽤나 뿌듯한 표정이었다고 한다. 태풍 속에서 나를 지켜주어 고맙다는 뜻이었을까. 그다음 태풍에도, 또 그다음 태풍에도 쥐를 물어왔다. 집에서 곱게 자란 고양이같이 생겨가지고 맹수가 따로 없었다.

쥐를 잡아 온 미미를 보며, 미미는 리리와 함께 지내지 못할 운명이겠구나 생각했다. 진하는 원주인인 나보다도 리리를 더 걱정했다. 미미는 절대 집에 들일 수 없다고 몇 번을 내게 강조했다. "집도 넓은데 리리와 미미를 분리해서 키우면 안 될까?" 몇 번 물었지만 진하는 완강했다.

9월엔 추워지기 시작했다. 미미의 미용한 털이 많이 자라 한국의 흔한 길고양이보다는 따뜻해 보였지만 겨울

추위가 걱정이었다. 현관에 미미의 집도 추가했다. 추워지는 저녁에 미미는 집 안에 담요를 깔고 누워 잤다. 10월이 되자 우리 집이 고양이 맛집 티비에 소개라도 됐는지 다른 고양이들이 보이기 시작했다. 그리고 어느 날 저녁엔 싸우는 소리도 들렸다. 동네에 고양이를 키우는 주민들도 미미를 걱정하기 시작했다. 길고양이들이 무서워서 미미가 곧잘 숨어버린다는 것이다. 이렇게 뒀다간 동네 길고양이들에게 내쫓겨 우리 집에 찾아오고 싶어도 못 찾아오는 날이 있겠다는 생각이 들었다.

미미와 친해지면 제일 하고 싶었던 일이 병원에 데려가는 것이었다. 진하와 함께 미미를 병원에 데려갔다. 의사 선생님은 "아주 놀랍습니다. 길에서 지낸 아이가 이렇게 모두 정상이긴 어려워요."라며 웃었다. 그 말을 들으려고 우린 십칠만 원을 썼다. 의사 선생님은 우리를 위해 '길고양이 할인'도 해주셨다. 미미는 두 살이었고, 수컷이고, 중성화는 된 상태라고 했다.

병원에 데려간 다음 날은 고양이 무 마취 미용실에 갔다. 길에서 생활하는 동안 미미의 긴 털들이 뭉쳐서 피부에 들러붙어 있었다. 미미의 털을 시원하게 밀었는데, 긴 털 속에 진드기들이 잔뜩 나왔다. 오돌토돌하게 흉터도 많이 보였다. 미용 후에 추워 보여 꼬까옷도 입히고, 집으로 데려와 맛있는 간식도 잔뜩 먹였다. 미미가 미용하는 걸 보면서 진하를 설득해서 미미를 집에 들여야겠다고 다짐했다.

진하도 미미와 정이 들어 나의 부탁을 거절할 수 없었고, 미미를 집에 들이기로 합의했다. 우리 집엔 방이 세 개인데, 한 개를 리리를 주고, 거실로 미미를 들였다. 거실에는 미미의 화장실과 캣폴이 생겼다. 리리가 미미 우는 소리에 스트레스를 받거나 위험한 상황이 온다면, 미미를 다른 입양처로 보내려고 했으나 리리는 다행히 스트레스받지 않았고, 문 하나를 두고 미미와 리리는 따로 지냈다. 동물 중 최약체인 토끼와 육식동물인 고양이가 함께 지낼 수 없기에 문 하나를 두고 지냈다. 리리는 떠나는 날까지 미미의 존재를 몰랐다.

미미가 집에 들어오고 나서도 여전히 고양이 맛집으로 소문난 우리 집은 길고양이들이 들러 사료와 물을 먹고 간다. 한 턱시도 무늬의 고양이는 집 앞에서 울며, 밥을 내놓으라 소리치기도 한다. 이 녀석이 전에 말한 '스카'

라는 녀석이다. 아파트나 빌라에서 살았다면 미미를 만날 수도 스카의 밥 달라고 보채는 울음소리도 들을 수 없었을 거다.

인사 왕

진하

어렸을 때는 "안녕하세요" 하며 꾸벅 인사를 하면 동네 어르신들이 환하게 웃으며 다정하게 인사를 받아주셨다. 영주 시내 어디에서도 '옛날 군청 뒤, 신사골 정자 앞'이라고 하면 택시 기사님들이 정확히 집 앞에 내려주시던 동네였다. 신사들만 모여 산다고 해서 신사골이라는 이름이 붙었다고 어렸을 때 들었는데 후에 직접 알아보

니 원 지명은 '선계동'이었고, 일제 강점기 때 신사참배를 하던 곳이라 신사골이라는 별칭이 붙었다고 한다.

앞집에도, 옆집에도, 뒷집에도 동네의 대부분 집에는 할머니들이 살았고 할머니들은 늘 우리 할머니의 구멍가게에 모여 점당 십원짜리 화투를 치셨다.

할머니의 구멍가게에서 사탕 하나 얻어먹으려 매일같이 들락거리던 나는 동네 할머니들께 잘 보이려고 큰 소리로 씩씩하게 '안녕하세요' 하고 인사를 했다. 그러면 할머니들은 화투 치던 돈으로 이백원짜리 군것질거리를 사주시곤 했다.

여름이 되면 동네 놀이터에서 매일 (상의는 어디다 벗어 두셨는지) 바지만 입은 채 소주를 드시던 얼굴이 불콰해진 할아버지에게도 나는 열심히 '안녕하세요'를 외쳤다. 그렇게 나는 역사상 전무했던 신사골 '인사 왕'에 오르게 되었다. 그놈의 왕이라는 말이 뭐라고 할머니들이 "인사왕 왔네, 인사 왕 왔네" 해주셔서 나는 더 열심히 허리를 굽혀 인사를 했고 중학생 때까지 그 자리를 굳건히 지킬 수 있었다.

고등학생이 되면서는 동네를 떠나 아파트로 이사를 했

다가 군 제대를 할 때쯤 다시 예전에 살던 동네로 돌아왔다. 당시에는 왜 아파트를 떠났는지 알지 못했으나, 나중에 부모님께 들으니 층간소음으로 윗집과 심한 문제가 있었다고 한다. 그 세월 동안 알아볼 수 없을 만큼 성장해버려서 동네 할머니들은 나를 알아보지 못하셨다. 아파트에 거주하던 오륙 년 사이에, 우리 할머니는 돌아가셨지만 어릴 적 할머니들은 여전히 할머니들이어서 나만 할머니들을 알아보고 반갑게 인사했다. 하지만 돌아오는 말은 더는 인사 왕의 기특함에 대한 칭찬과 격려가 아니었다. 어색한 '안녕하세요'였다. 할머니들이 내게 인사를 하는 날이 온 것이 영 어색했다.

이후로 부모님은 계속 그 동네에 살고 있지만, 우리 할머니라는 한 명의 연결고리가 없어진 동네의 관계에서 더는 인사 왕이 있을 자리가 없었다. 생각보다 관계는 복잡하게 이어져 있다고 그때 알게 되었다. 일방적일 수 없는 관계는 지금까지 어색하게 이어지고 있고 시간이 조금 더 지나면 아예 없어질 것이다.

김장을 해도 열 가구, 열 명의 할머니들이 함께해 동네 사람 백 명에게 먹였고, 동네 아이들 이름을 백 명의 동네 사람들이 다 알고 있던 시간은 이제 없어졌다. 시간이 어떻게 흘렀기에 이토록 많은 것들이 변했는지 모르겠다. 열 명의 할머니들이 모여 만들어주던 '곤지(무말랭이)'를 이제 다시는 먹지 못하겠지만 나에게도 왕이었던 시절이 있었음을 곱씹을 수 있는 추억이 있어 감히 자랑스럽기까지 하다. 그리고 그 시절이 여전히 아름답게 남아, 나는 아파트와 같은 주거 형태에 본능적으로 거부감이 생겼는지 모르겠다.

지금 생각해보면 오지랖의 근원지요, 불필요한 간섭의 발원으로 볼 수 있으나 당시 천지 분간 못하던 시절이었기에 어느 정도 미화된 기억으로 남은 것인지도 모르겠다. 어쨌든 신사골은 내 기억에 동화 같은 공동체로 남아, 죽을 때까지 좋은 기억으로 추억될 것이다. 그리고 인사 왕이라는 이력이 나에게는 여전히 따뜻하게 남아 있다. 그 따뜻함을 잊지 않은 덕에 공동체에 대한 이상을 가지고 살아올 수 있었고 언제가 될지는 모르겠으나 마음 맞는 사람들이 많은 곳에서 새로운 인사 왕을 보는 날이 오기를 바란다.

층간소음

———

진하

살면서 층간소음과 관련한 에피소드가 몇 가지 있었다. 큰 사건이었던 적도, 작은 해프닝 정도인 적도 있었다. 애초에 층간소음이란 위와 아래에 다른 사람이 사는 구조에서 일어난다. 살면서 한 번도 겪지 않을 수도 있지만 크게 겪을 수도 있어 교통사고와 비슷하다는 생각을 한다.

처음 층간소음의 심각함을 인지한 건 불과 이삼 년 전 아빠에게서 우리가 아파트에서 살던 시절의 이야기를 들었을 때다. 아파트에서는 오 년 정도 살았던 것으로 기억한다. 우리가 살았던 아파트는 지대 자체가 높은 데다 십오층이 최고층이었고 우리는 십삼층에 살았다. 덕분에 여름에는 모기도 없었고 바람이 많이 불어 에어컨도 필요가 없었다. 욕조가 있었고 화장실이 두 개여서 주택에 살 때보다 확실히 편했다. 문제는 층간소음이었다.

당시 수능을 앞둔 수험생이었던 나는 정확한 기억은 나지 않지만, 집 안의 분위기가 묘하게 불안했던 기억이 난다. 할머니도 편안해 보이지 않으셨다. 바로 위인 십사층에서 얼마나 시끄러웠는지 모르겠다. 당시 건강이 급격히 나빠져 집에만 계시던 할머니가(이 년 뒤 돌아가셨다) 몇 번 올라가셨다고 했다. 만취한 채 새벽에 귀가한 십사층 아저씨가 할머니가 주의를 주러 찾아왔었다는 얘기를 듣고 칼을 들고 내려왔다고 한다. 칼을 든 채 문을 두드리며 소리를 지르고 행패를 부렸다는 것이다.

층간소음으로 인해 일가족 살인이나 방화가 벌어지는 일이 뉴스에 몇 번 나왔고 완전히 남의 일이라고 생각했었는데 아니었다. 그 때문에 할머니와 부모님은 평생 처음 살아본 아파트를 포기하기로 했고 우리는 그 뒤로 지금까지, 원래 살던 주택에서 살고 있다. 애초에 누구의 잘못이었는지는 모르겠지만 칼을 들고 일가족을 위협하러 내려온 건 분명히 문제가 있다. 당시에는 몰랐다. 분명한 건 그때 우리 가족은 살해 위협을 느꼈었다는 것이다.

서울에서 고향 친구와 잠깐 살 때였다. 둘 다 불면증이 매우 심했는데 나는 오래되었고 그 친구는 얼마 되지 않았다. 당시에도 층간소음에 나는 별 관심이 없었다. 내가 잠을 못 자는 이유가 층간소음이 원인이 아닌 걸 알고 있었기 때문이다. 하지만 친구는 그렇지 않았다. 욱하는 성격의 친구는 복수하겠다고 천장을 틈이 날 때마다 두드리고 음악을 크게 들어 천장 가까이 올려두는 행동까지 했었다. 쿵쿵거리는 소리가 들릴 때마다 욕을 하며 귀마개로 귀를 막아보았다. 하지만 귀마개 정도로 문제가 해결되지 않았다.

욱하지만 소심한 내 친구는 혼자서 위층에 찾아갈 용기는 없었는지 나한테 같이 가달라고 부탁을 했다. 마지 못해 내가 앞장서서 올라갔다. 우선 놀랐던 것은 위층은 우리 층과는 구조 자체가 다르다는 것이었다. 우리 층에는 원룸이 네 개 있었는데 위층은 통째로 한 집이었다. 그렇다. 건물주의 집이었다. 일단 쭈뼛대며 초인종을 눌렀고 막 잠에서 깬 듯 부스스한 얼굴의 여성이 문을 열고 나왔다. 아래층에서 왔는데 늦은 시간에도 소음이 심하다고 조심스럽게 얘기하니 아이가 뛰기 시작한 지 얼마 되지 않았다며 미안하다고 주의하겠다고 했다.

친구와 나는 큰소리가 오갈 수도 있다고 생각하고 나름 비장한 각오로 올라갔는데 많이 허탈해졌다. 아이가 있어 잠도 푹 못 자고 힘들었을 여성분을 생각하니 오히려 죄는 우리가 지은 것 같았다.

친구와 나는 소주를 마셨다. 나는 친구에게 음악을 크게 틀고 천장을 두드렸던 일을 얘기하며 아이가 좀 뛸 수도 있지 그게 그렇게 열 받을 일이냐며 너 같은 쓰레기와 사는 내가 불쌍하다고 웃으며 소주를 들이켰고 우리는 다시는 위층의 소음에 신경 쓰지 않았다.

미은이와 원룸에서 살 때다. 여전히 나는 층간소음에

신경 쓰지 않았다. 신경을 쓰지 않았다는 것은 내가 피해를 줄 수도 있다는 사실도 신경 쓰지 않았다는 거다. 원룸에선 새벽이 되어 정적이 흐를 때면 어디선가 코 고는 소리까지 들을 수 있다. 새벽까지 술을 마시던 앞집 대학생들 때문에 미은이는 신고를 한 적도 있었고 신고로 해결이 나지 않아 장문의 편지를 써서 문에 붙여놓아 해결한 적도 있었다. 그런 문제들이 쌓이면서 미은이는 조용한 집에서 살기를 원했다. 나도 모르게 쿵쿵 걷는 일이 있으면 항상 살살 걸으라며 잔소리를 했다. 나도 많이 피곤하거나 힘든 날에는 원룸은 원래 그럴 수밖에 없다며 짜증을 내기도 했다.

사실 앞에서 얘기했던 사건들에서 근본적인 원인은 주거인들의 문제가 아니라고 생각한다. 재채기만 해도 다른 집에 그 소리가 들린다면 그것은 집 구조의 문제가 아닐까. 싸게 산다는 이유로 감수하는 것이고 선택의 문제라고 생각해서는 안 된다. 그냥 걸어다니는 행위 자체가 남에게 피해를 주면 어쩌란 말인가. 해결책은 모르겠다. 애초에 건물을 지을 때 잘 지었다면 층간소음이 없겠지만 그런 건물은 그만큼 월세가 비쌀 것이다.

　다만 우리는 분명 더 좋은 환경에서 더 마음 편하게 살 권리가 있다. 그리고 그 권리가 자본의 크기로 결정될 수는 있지만 최소한의 하한선에서도 마음 편히 걸어다니고 재채기는 할 수 있어야 한다고 생각한다. 비싸고 좋은 아파트에서 살아본 적은 없지만(층간 소음 없겠지?) 다세대라는 구조 자체에 거부감이 생기기에 충분한 일들을 많이 겪었다.

　내가 주거 형태를 결정할 때 영향을 준 것이 층간소음에서 시작되었다고 생각하니 작은 문제는 아닌 듯하다. 삶을 결정하는 데 여러 가지 요소가 영향을 주겠지만 모두 수용할 수는 없다. 다세대에 사는 사람들이 부러울 때도 있고 안타깝다는 생각이 들 때도 있다. 그냥 내 생각일 뿐이다. 모두가 행복한 집에서 살았으면 좋겠다.

경주 한옥 이야기

미은

중학교 시절, 우리 집에 자주 놀러 오던 친구는 나를 보고 '양쿠미'라고 불렀다. '양쿠미'는, 그 시절 유행했던 일본 드라마 〈고쿠센〉에 나오는 여자 주인공이다. 풀네임은 야마구치 쿠미코. 양쿠미라는 인물은 한동네에 오래 살았고, 그녀를 모르는 동네 사람이 없다. 초등학교, 중학교, 고등학교까지 황남동에서 살았던 나는 아는 동네 사람들이 많았다. 아파트 단지에 살던 내 친구는 동네에서 이 사람 저 사람에게 인사하는 내가 신기했던 모양이다.

아버지는 일 때문에 집을 자주 비웠다. 전국의 모르는 국도와 맛집이 없을 정도로 전국을 누비며 일했다. 아버지는 가끔 집에 와 며칠을 머물다 또다시 떠나곤 했는데, 어느 날은 엄마가 담담하게 내게 말했다.

"엄마 바람났다고 소문났어. 어디 키 작고 까만 멋있는 남자랑 손잡고 다닌다고."

키가 작고 까만 멋있는 남자는 우리 아빠였다. 부부가 손을 잡고 걷는 일이 드물었던 경상북도 경주였고, 동네 사람들에게 눈에 익지 않았던 아빠는 낯선 이였다. 엄마는 황남동을 말하기를 '방귀만 크게 뀌어도 소문날 동네'라고 했다. 서로에게 관심이 넘치도록 많은 동네였다.

내가 살던 집들은 대부분 다세대 주택이었다. 단독주택에 살 만큼 우리 집은 부유하지 않았다. 옛날 옛적 어떤 부유한 대감이 사랑채와 별채를 가지고 있었던 한옥은 사랑채 따로 별채 따로 본채 따로 세 가구가 나뉘어 살 만큼 컸다. 우리는 별채에 살았다. 과일을 사면 나누어 먹고, 서로의 자녀를 봐주기도 했다. 옆집 아줌마는 내게 이

모였고, 옆집 아저씨는 내게 삼촌이었다. 어째서 숙모와 삼촌이 아니고 그렇다고 이모와 이모부도 아니고, 이모와 삼촌인지는 잘 모르겠다. 그 시절 나 그리고 친구들은 이웃집 아저씨와 아줌마를 이모와 삼촌이라 불렀다.

제철 과일은 한 봉지만 사도 세 명뿐인 우리 식구 먹고도 남을 텐데 아버지와 어머니는 항상 한 상자 혹은 두 상자를 샀다. 그러고는 넓은 소쿠리에 과일을 가득 담아 나를 심부름 보냈다. 그러면 나는 "어머니가 이것 좀 드시래요." 인사를 하고 오는 것이다. 그 소쿠리에는 전이나 누룽지 혹은 말린 나물 등이 또 가득 담겨 돌아왔다. 빈 그릇으로 돌아오는 일은 잘 없었다.

여름 낮에는 평상에 앉아 수박을 잘라 먹었다. 마당에 들꽃이 피면 나비가 날고, 벌도 찾아왔다. 어떤 날엔 나비나 벌보다는 큰 덩치의 턱시도 무늬 고양이가 한 마리가 찾아왔다. "야옹–" 하고 울며 내 다리에 얼굴을 비벼댔다. 어머니는 곧잘 밥을 챙겨 먹였다. 항상 일곱 시나 여덟 시 사이에 찾아오는 친구였다. 알고 보니 우리 집에서는 '나비'였고, 어떤 집에서는 '아가', 어떤 집에서는 '미미' 어떤 집에서는 '점순'이였다.

이 객식구는 일 년을 꾸준히 오다가 어느 날 사라졌다. 매일 기다렸지만 돌아오지 않았다. 얼굴을 보이지 않다가 일 년 뒤 밥을 한 번 얻어먹고는 다신 볼 수 없게 되었다. 그렇게 마당에 들렀다 갔던 고양이들이 있었다.

늘 일 년 이상은 만날 수 없어서 어린 마음에 나는 고양이들은 한 장소에 오래 머물지 않는다고 생각했다. 지금도 어머니는 고양이 사진을 찍어서 보낸다. 지금 사는 집 마당에서 그리고 어머니가 일하는 한옥 한식당에서. 어머니가 보내주는 낮은 한옥 담장 위로 줄 서서 식빵을 굽고 있는 작은 고양이들의 사진은 잠이 쏟아지는 오후에 더 없는 평온을 준다.

한옥에서 살던 경주에서의 기억은 내게 오래도록 각인되어 있다. 예기치 않은 작고 귀여운 손님들과의 만남도 좋았고, 이웃집 사람들과 마당에서 나누던 이야기와 정. 진하와 나, 둘이면 충분하다고 느낀다. 그래도 다세대 주택에서 살던 날들이 다른 사람들과 온기를 나누는 일도 필요하다고 내게 말한다.

황남동 이야기

미은

    내가 경주에서 부산으로, 대전으로, 서울로, 다시 부산으로 거주지를 옮기는 동안에도, 아버지와 어머니는 경주에서 그대로 자리를 지켰다. 하지만 그 자리에 있다고 모든 게 그대로인 것은 아니다. '황리단길' 방석집이나 무당집이 있던 자리에, 연남동이나 망원동에서 볼 법한 카페와 음식점이 생겼다. 유명한 방송에서 황리단길을 다녀간 후, 벚꽃이 필 때도 사람이 없었던 나의 황남동은 벚꽃이 있건 없건 북새통이 되어버렸다.

지역 경제는 좋아졌을지 모르겠으나 관광객이 늘어나면서 거주민에게는 불편한 점이 많아졌다. 먼저 주차하기가 너무나 힘들어졌다. 우리 집은 집에 따로 주차공간이 없어 집 앞 골목 담벼락에 붙여 주차한다. 비수기 따위는 없는 (유동인구가 많거나 더 많거나 둘 중 하나다) 황리단길의 중심에 있는 우리 집은 역사적으로 유명한 누군가의 생가 아닌데도 관광객들이 늘 우리 집 앞에 주차한다. 그래서 아빠의 차는 갈 곳을 잃고 방황할 수밖에 없다.

주차만 문젠가. 어떤 차가 집 대문을 막고 주차해 집으로 들어가기 힘들 때도 있었다. 대문을 열 때 문이 차에 부딪혀 문콕이라도 하면 골치 아파진다. 나는 대문을 조심스레 열고, 바퀴벌레처럼 집 안으로 침투한다. 알게 뭐냐 싶어서 대문을 세게 확 열고만 싶다.

경주에 벚꽃이 피기라도 하면 이제 거주민의 고통은 배가 된다. 황리단길이 유명해지면서 아름답기만 했던 경주의 벚꽃이 미워지기까지 한다. 벚꽃으로 물든 아름다운 내 등하굣길 추억이었는데….

집 앞 주차문제만 힘든 것이 아니다. 언젠가 집으로 들어서는 골목길에 렌터카 한 대가 가로막고 있어 얼마간 기다리다가 경적을 울리니 젊은 커플이 아버지와 나에게 오더니 욕을 했다. 아버지도 그냥 넘기지 않았다. 그 커플의 여자가 "오빠 그만해. 이런 사람들이랑 얘기해봤자 우리가 이상한 사람 되는 거야."라고 했다. 길을 막고 한참을 서 있던 것은 저들인데, 왜 우리가 이상한 사람이 되고 마는 것일까. 이런 일을 겪을 때마다 나는 소망한다. 상식적인 수준의 사람들과 상식적인 테두리 안에서 살고 싶다고.

서울에서 살 때 나를 힘들게 했던 일은 출근과 퇴근이었다. 나는 외근을 나가는 일이 많아서 서울의 구석구석을 다녀야 했는데 일호선을 탈 때도 있었고, 구호선을 탈 때도 있었고, 광역버스를 타기도 했다. 이호선이나 공항철도를 타고 한강을 지날 때 노을과 도시의 불빛을 볼 수 있었던 것은 아름다운 기억으로 남아 있다. 불광천을 따라 한강 구석구석 자전거를 타고 누볐던 것도 추억이다.

하지만 출퇴근길 한강을 바라보게 되는 순간을 제외하면 지옥이 따로 없었다. 지하철과 버스에서 만나는 사람들은 서로 단 일 센티미터도 허용해주지 않았다. 나의 왼팔은 어떤 아주머니와 오른팔은 어떤 청년과 닿아 있기 마련이었다.

제일 힘든 곳은 구호선 고속버스터미널 역. 삼호선과 칠호선 그리고 구호선을 이용하는 사람들이 엉키고 설켜 과자에 달려든 개미 떼를 연상케 했다. 공황장애가 없는 사람도 공황장애를 겪을 수 있는 곳이다. 롱패딩과 뚱뚱한 패딩을 입기 시작하는 겨울이 오면 더 숨이 막혔다. 아주 아주 얇고 따뜻한 패딩은 없는 걸까. 겨울은 왜 이렇게 유난히도 추운 것인가. 그해 겨울, 간절한 고민 속에 나도 물론 아주 두껍고 긴 롱패딩을 입고 있었다.

나는 경주라는 시골에서 자라났기 때문인지 사람 많은 곳은 잘 적응하지 못하고 질색한다. (북적거리고 숨막히게 붐비는 곳을 누가 좋아할까마는) 경주에 유일한 백화점인 신라백화점의 리모델링 오픈 기념행사에 배우 김사랑을 보러 갔다가 깔릴 뻔했던 기억 때문이었을까. 아니면 더 어릴 적 해수욕장에서 수많은 인파 속에서 엄마를 잃고 울었던 기억 때문일까. 또 아니면 간신히 아빠 엄마라는 말만 겨우 할 줄 알던 아가 때 대전역에서 아빠의 손을 놓치고 나를 못 본 할아버지에게 밟힐 뻔했던 기억 때문일까.

어떤 이유 때문인지는 모르겠지만 사람이 많으면 숨이 막혀온다. 힘들다. 서울을 떠나 부산에 터를 잡기로 한 것은 그 때문이었다. (인구 밀도가 낮은 경주로 가기엔 일자리가 없다. 대도시에 사람이 몰리는 이유는 딱 하나, 일자리다.)

황남동이 옛날 같지 않고 내게 힘들게 느껴지는 이유는 사람이 많아졌기 때문이다. 주차하는 것도 힘들지만 운전하기도 힘들다. 동네 골목에서 앞뒤 살피지도 않고 사진 찍는 데 열중한 사람들. 행복해 보인다. 그런데 뒤에 바짝 붙어 있는 차를 보지 못하니 위험해 보이기도 한다. 행복하면 앞만 보는 법.

그래서 부산에서 비교적 사람이 많지 않은 한적한 변두리쪽 동네에 자리 잡고 싶었다. 동네에 대형 슈퍼마켓이 없어도 지하철역이 가깝지 않아도 좋다. 마을버스를 타야 번화한 곳에 이르는, 역세권에서 벗어난, 아주 조용한 동네를 마음에 그렸던 것이다.

4장

집을 완성시키는 것은
우리의 삶

둘이 함께 살길 잘했다

진하

2012년, 나는 인도에서 일 년을 지내야 하는 자원봉사 활동에 지원했고 미은이와 나는 같은 팀이 되었다. 낯선 사람과 일 년이라는 긴 시간을 팀으로 활동해야 하는 상황이 살짝 어색했지만 한편으로는 설레었다. 다른 팀원이 있었지만 미은이와 나는 가장 대화가 잘 통했고 생활 패턴이 비슷했다. 일도 함께 하고 한식을 해서 먹기도 했고 그러면서 가끔 다투기도 했다. 내가 할 수 있는 일의 한계를 느낀 인도에서의 일 년이 나에게 준 것은 좌절과 주제 파악 정도였다. 하지만 미은이를 보고 있으면 항상 내게도 에너지가 생겼다. 밝으면서도 불만이 많고 웃으며 욕할 줄 아는 미은이가 재미있었다.

워낙 외국인을 보기 힘든 시골에 있다 보니 각종 행사나 집에 초대받는 일이 많았다. 인도에서는 손님으로 초대되었을 때 식사를 맛있게 (그리고 많이) 해야 하는 관례가 있다. 유난히 현지 음식을 못 먹는, 우리 자원봉사팀 막내가 있었는데, 그때마다 미은이는 막내의 음식을 몰래 먹어주기도 했다. 그런 배려심이 있었다.

자원봉사 활동이 끝나고 한 달간 여행 일정을 짜고 함께 움직인 적이 있었다. 첫 여정으로, 콜카타에서 첸나이로 가는 이십칠 시간 기차를 탔을 때였다. 외국인들은 잘 이용하지 않는 기차였기에 우리가 올라타자 수많은 현지인들의 이목이 우리에게 쏠렸다. 나는 그게 귀찮아 눈도 마주치지 않으려 했지만 미은이는 그간 배운 짧은 벵골어로 사람들의 관심을 귀찮지 않은 척 돌리곤 했다. '네팔 사람이냐?'라는 질문에 '네팔 사람 예뻐요?'라고 대답했고, 바라나시 강가에서 꽃을 팔던 아이와는 금세 친구가 되었고 동네 친구들까지 몰려와서 신기한 듯 쳐다보고 같이 놀기도 했다.

우리는 비자가 특수해서 여행을 다니며 현지인 창구에서 기차표를 발권해야 했는데 비자에 문제가 있다며 기차표를 끊어주지 않을 때는 미은이가 수많은 현지인들 앞에서 울음을 터뜨려 줄도 서지 않고 기차표를 받아낸 적도 있다. 나는 그런 대처 능력이 정말 신기하게 보였다.

지금 생각해보면 나는 미은이에게 많이 의지했다. 인도에서 미은이가 없었다면 여행은커녕 옆동네도 못 갔을 것이고, 비행기표를 살 수 있는 상황이었다면 바로 귀국했을지도 모른다. 그래서 나는 최대한 미은이에게 짐이 되지 않기 위해 할 수 있는 일을 했다. 오래 걸어다니다가 지쳐 한 번씩 인력거를 탈 때는 미은이와 짐만 태우고 나는 인력거와 같이 걸었다. 미은이는 미은이가 할 수 있는 일을 잘했고, 나는 할 수 있는 일이 별로 없어 최선을 다했다. 우리는 정말 잘 맞았다. 나는 이미 그때 알았던 거다. 미은이가 없으면 안 된다는 것을. 그리고 그때는 한국으로 돌아간 후 우리의 만남을 어떻게 이어나갈지에 대해서 별로 생각하지 않았다.

그렇게 계속 함께할 줄만 알았던 우리는 귀국하자마자 당황스러운 상황을 마주했다. 일 년간 같이 지냈는데 이제는 장거리 연애를 해야 했기 때문이다.

시간이 흘러 나는 학교로 돌아갔고, 미은이는 회사를 다니기 시작했다. 아. 이를 어째야 할까. 우린 서로 너무 보고 싶었지만, 방법 없이 그리워하며 시간을 보내야 했다. 시간이 조금 더 흘러 내가 대학을 졸업할 때 즈음 나는 졸업 유예, 취업 준비 같은 건 생각하지도 않고 혼자살이를 더 해보기로 했고 이러한 일련의 과정이 나를 조금 더 지금의 삶에 가까이 올 수 있게 해주었다.

자연스러웠다.

부산과 대전, 서울, 그리고 다시 부산. 미은이와 나는 작고 귀여운 수준의 월급을 받으며 생활했다. 월급의 삼분의 일이 월세와 관리비로 나갔고 생활비 또한 그만큼이었다. 장거리 연애로 시작했던 우리는 만날 수 있는 날이 많지 않았다. 돈이 없었기 때문이다. 나는 미은이를 만나러 가는 차비를 벌기 위해 학업 중에도 택배 상하차 작업을 하거나 마트 물류센터에서 야간 아르바이트를 했다. 하나도 힘들지 않았다. 학업을 대충(?) 마친 후에는 슬금슬금 직장을 다니던 미은이의 집에서 며칠씩 머무르기 시작했다.

'우린 같이 살아야 해.'

돈 문제도 돈 문제였지만 같이 있는 게 너무 좋았다. 종일 웃고 떠들고 대화할 수 있었다. 리리도 너무 사랑스러웠다. 대화의 주제에 따라 우리는 의견도 비슷했다. 의견이 다를 때는 다른 이유를 함께 찾아내는 과정을 즐겼다. 연인과 같이 산다는 경험이 처음이라 설레거나 들뜨는 마음만 있었던 것은 아니었다. 그냥 같이 있는 자체가 즐거웠다.

며칠씩 머무르던 시간이 몇 달이 되었을 때도 집안일 문제나 의견 차이로 싸운 적이 없었다. 들어보면 대부분 미은이 말이 맞았기 때문이다. 또 하나 중요한 건 내가 집안일을 좋아하는 사람이라는 것이었다. 미은이의 머리카락이 많이 떨어져도 휴지를 아무 곳에나 버려둬도 설거지를 하지 않아도 리리의 배변 패드를 갈아주지 않아도 나는 아무 상관없었다. 내가 하면 되니까.

집을 나와 살기 시작하면서 요리를 하기 시작했고 나름 재미도 많이 붙였다. 우린 서로의 요리를 은근히 무시하면서도 인정했다. 나는 미은이가 나보다 맛있는 음식을 만들어오면 마지못해 인정하는 척했다. '내가 더 잘할 수 있는데!'

한 사람이 요리를 하는 동안, 한 명이 실시간으로 설거지를 했고 먹을 준비가 다 되었을 때는 치울 것도 없었다. 그런 센스가 우리에겐 있었다. 그렇게 우리는 서로에게 적응했고 그렇게 맞춰져갔다.

내 계획은 생각보다 수월하게 진행되었다.

하나씩 맞춰지던 우리는 떨어져 지내는 삶을 생각할 수 없게 되었다. 미은이가 대전에 가면 나도 따라갔고 내가 서울로 가면, 곧 미은이도 따라와 같이 지냈다. 그렇게 서로를 쫓아다녔다. 부산으로 와 주택을 구했을 때 그동안 함께였던 작고 불편하기만 했던 원룸들이, 인도에서부터 함께했던 지난 팔 년이라는 시간이 주마등처럼 스쳐 지나갔다. 도저히 둘이서 살 수 없었던 공간에서 우리여서 우리는 함께할 수 있었다. 코끝이 찡했다.

같이 살고자 하는 마음만 있으면 할 수 있다고 말하고

싶지는 않다. 둘 중 하나라도 인내심이 있어야 같이 살 수 있다고 말하고 싶은 것이 아니다. 그냥 우리는 살아보니 생각보다 더 잘 맞았다. 이렇게 많은 사람 중 우리가 만났다는 자체가 신기하게 느껴졌다. 함께할 수 있음이 항상 즐거웠고 고마웠다. 그리고 그만큼, 그 기간만큼 서로에 대한 애정이 커졌다. 그래. 이건 자랑이다. 나에게 미은이와의 동거는 행운이었다. 같이 살기 위해 서로를 쫓아다니지 않았다면, 리리가 없는 삶을 살았다면 난 분명 지금보다 나은 삶을 살지 못했을 거라고 확신한다. 연인과 동거를 계획 중이라면 반드시 기억해야 할 것은 하나다.

'나처럼 운이 좋을 것'

이런 사람과
같이 살면 어떨까

미은

내가 진하와 평생을 함께하고 싶다고 생각한 것은 절대 한순간 즉흥적인 사건 때문이 아니다. 작지만 아주 확실한 사건들이 연결되어 아주 자연스럽게 생각이 발현된 것이다. 진하와 좋은 감정으로 만나기 시작했던 초반에는 이 관계가 언제까지 지속할 것인가 항상 의문이었다.

우리는 인도에서 만나 연인이 되었다. 한편으로는 이

관계의 유효기간이 존재할 것이라고 생각하고 있었다. 돌아보면 그 당시 나는 관계 자체에 조금 냉소적인 모습이었다. 인도를 여행하는 동안, 진하의 손을 잡고 거리를 걷는 도중에도 생각했다. 아마도 여행이 끝나는, 그러니까 한국으로 돌아가는 때까지가 우리 관계의 유효기간이 아닐까.

인도에서는 기차가 제시간에 맞춰 도착하고 출발하는 법이 거의 없다. 일이 분, 십 분, 이십 분 정도가 아니라 때로는 반나절이나 하루 이상 도착하지 않을 때도 있다.

그날 우리는 '기차 연착'의 구렁텅이에 빠지고 말았다. 저녁 기차를 타고 바라나시역에서 뉴잘패구리역으로 갈 계획이었다. 역 안에서 고양이만큼 큰 쥐들의 달리기 경주를 보며, 기차를 기다리기 시작했다. 졸음이 쏟아지는데 멀쩡한 의자조차 없어 쪼그려 앉은 채로 진하와 함께 기차를 기다렸다. 진하도 잠이 쏟아지는 눈치였지만 쥐는 걱정하지 말고 자라며 어깨를 내주었다.

기차역무원은 기차가 도착하게 되면 안내방송을 할 것이니 삼번 플랫폼에서 기다리면 된다고 했다. 밤을 새우고 아침 해가 떠오르는 것을 보는데 어렴풋이 안내방송이 들렸다. 육번 플랫폼에 뉴잘패구리행 기차가 온다는 것이다. 역무실로 뛰어갈 시간은 없었고, 안내방송만 믿고 타기에는 음향 상태가 너무 나빠서 내가 제대로 들은 것인지 확신할 수 없었다. 육번 플랫폼에서 직원으로 보이는 사람들과 기차에 탑승하는 승객을 붙잡고 물어봤지만 뉴잘패구리역으로 간다는 대답이 한 명, 아니라는 사람이 세 명이었다.

확신 없이 그냥 기차를 탈 수는 없어서, 기차를 보내고 난 뒤 역무실로 찾아갔다. 역무원은 그 기차가 뉴잘패구리행 기차였다고 말했다. 아까 당신이 기차가 삼번 플랫폼으로 들어온다고 하지 않았느냐고 따지니 안내방송을 왜 안 듣냐며 웃었다. "No problem."이라며 다른 기차표를 다시 사면 된다고 우리를 돌려보냈다. 다시 표를 사는 것 외엔 선택지가 없어서 다시 표를 샀다.

서너 시간을 더 기다려 제대로 된 기차를 탔다. 하지만 계획이 다 어그러진 상태였다. 저녁 기차를 타서 아침에 도착해 다르질링으로 가는 공유 지프를 탈 계획이었지만 우리는 저녁에 도착했고, 다르질링으로 가는 공유 지프는 더 이상 운행하지 않았다. 한 번 더 기차역에 쪼그려 앉아 쪽잠을 잤다. 나는 진하의 볼에 앉은 모기를 잡기 위해 볼을 찰싹 때렸다. 진하는 웃었다. 이틀 밤을 제대로 못 잤는데 진하와 함께하는 새벽에 웃음이 나왔다. 추웠던 새벽에 담요로 몸을 둘둘 말고 몰려오는 졸음 속에 지프 운행 소식을 기다렸다.

화장실에 다녀온다던 진하가 금세 밝게 웃으며 뛰어왔다. "미은아! 공유 지프 예약했어?" 두 팔을 휘두르며 아주 신나게. 웃으며 달려오는 진하를 보면서 어렴풋이 생각했다. 진하와 함께한다면 짜증이 나고 화나는 순간에도 같이 웃어넘길 수 있겠다.

내 예상보다 우리의 유효기간은 길었다. 진하와 나는 한국에 돌아와서도 곧잘 만났다. 만날 수 있는 작은 틈이라도 생기면 기어코 만났다. 아직 대학교에 다니고 있던 진하는 대구로 갔고, 나는 직장을 구한 후 부산으로 이사했다. 인도에서 내내 붙어 다녔던 우리는 물리적으로 꽤 멀어졌다. 학생이었던 진하는 나와 만나기 위해 애써주었다. 방학 때는 택배 상하차 아르바이트를 하며 날 보러

왔다. 장거리 연애에는 돈이 많이 들었다. 같이 지내기를 결심했던 이유 중 가장 컸던 이유는 보고 싶었던 마음이었고, 그다음 이유는 '돈'이었다.

함께 지내면서 진하의 새로운, 아주 다정한 모습들을 더 자주 만난다. 진하는 내가 아프면 새벽에도 나가서 약을 사오고, 물컵에 물을 담고 약을 준비해서 갖다준다. 다른 사람이 보고 있을 때도 보고 있지 않을 때도 한결같다. 누구보다 나를 세심하게 살핀다.

장거리 연애를 끝내고 같이 살던 어느 날 안 좋은 꿈을 꾼 적이 있다. 사람들이 나를 둘러싸고 비난하는데, 진하가 나를 챙겨주지 않았다. 꿈이지만 너무나 생생했다. 실제 일이 아닌데도 분했다. 새벽에 깨서, 진하 네가 어떻게 그럴 수 있냐며 따졌다. 진하는 졸음이 가득한 눈으로 나를 꼭 끌어안으며 "내가 왜 그랬을까? 너무 미안해."라고 말했다. 어디 연애전문학원이라도 다니는 걸까. 백점짜리 대답에 분했던 감정이 다 사라졌다.

잘 다니던 회사를 그만두고 다른 회사에서의 첫 출근을 앞둔 저녁. 나는 첫 출근에 대한 걱정이 많아 잠이 오지 않았다. 진하는 걱정 가득한 나에게 "넌 네가 생각하는 것보다 더 똑똑하고, 뭐든지 잘해. 걱정하지 마."라고 칭찬하고 격려해줬다. 그날은 졸음에 취해 있던 진하보다 내가 먼저 더 마음 편하게 잠들었다.

가끔 진하에게 "나 없으면 어떻게 살려고 그래?" 물으면 "왜 살아? 죽어야지."라고 정색하며 대답한다. 사실은 내가 그렇다. 진하가 없으면 난 어떻게 살아야 할지 막막하다. 아빠가 혹시라도 "이 결혼 반댈세."라고 말하면 진하의 이 이야기들을 들려줄 작정이다. 아빠만큼 나를 위하고 좋아해주는 사람이 여기 있다고, 내가 가장 나다워지는 사람이 이 사람이라고.

결혼할지 말지
살아보고 결정해?

———

미은

    진하와 사귀기 시작했을 때는 물론이고 동거에 대해
알렸을 때, 그래 봐야 언젠간 헤어질 것이라는 부정적인
감정이 가득한 시선을 느낀 적이 있다. 그리고 헤어지면
어떻게 하려고 그러냐며 노골적으로 걱정하는 사람도 있
었다. 진하와의 만남까지 사람들에게 숨길 마음은 없지
만 내가 진하와 동거를 한다는 사실을 비밀로 한 이유는

바로 거기에 있었다. 나는 다른 사람의 시선을 아예 무시하지 못하는, 쿨하지 못한 미지근한 사람이므로.

진하가 서울에 있던 노을공원 시민모임에서 근무하던 시절, 친해진 맹꽁이(전기차) 기사님에게 여자친구와 함께 살고 있다고 이야기한 적이 있다고 한다. 기사님은 본인이 예전엔 법학도였다며 "사실혼 관계네?"라고 말했다. 사실혼, 동거, 이런 말은 왜 그렇게 부정적으로 들릴까? '영원'이 아닌 '임시'의 느낌이 들어서일까? 그렇다면 동거가 아닌 결혼은 영원한가?

동거에 대한 거부감이 예전 같진 않다고 느낀다. 하지만 당사자인 내가 결혼 전 동거를 하고 있다는 사실을 주위에 알리는 건 어렵다. 여성인 나에게는 특히 그렇다.

조금 친해진 직장동료에게 동거 중이라고 얘기한 적이 있었다. 피곤했던 어느 날, 그는 피곤해 보이는 내게 "오래 사귄 사이라더니 아직 뜨거운가 보네."라며 웃었다. 참 낯뜨거웠다. 동거를 공개하면 이런 성희롱을 당하는구나 싶어 소름 끼쳤다. 사실 신혼부부에게도 흔히 있는 공격이겠으나 (공격이라는 표현이 조심스럽다. 아마도 가해자는 장난이었을 터) 내겐 상처로 다가왔다. 이런 이유로 주위에 알리는 게 어렵다. 그리고 다른 이유도 있다.

올해 퇴사한 직장에서의 일이다. 연초에 상사가 나를 불러 십 년 뒤의 계획을 물었다. 건방지게 "십 년 전엔 내가 여기 있을 줄도 몰랐는데요?"라고 말대꾸할 순 없었다. 십 년 뒤 계획이라니. 내가 내일 죽을지 모레 죽을지 어떻게 알고 계획을 세운단 말인가. 십 년 뒤 계획은 내겐 정말 얼토당토않은 질문이었다. 내가 어떤 사람인지 알아가는 것. 좋고 싫은 일을 구분하는 것. 그런 과정을 통해 내가 만들어지는 것 아닌가. 나는 미래보다 현재에 충실하다.

내가 미래를 아예 생각하지 않는 대책 없는 사람은 아니다. 선택의 길에서 선택을 결정짓는 요인은 누구보다 선명한 사람이라 자신한다. 오로지 감각으로만 선택하는 어리숙한 사람은 아니다. 어쨌든 상사와의 면담은, 나의 건방 떨고 싶지 않았던 마음이 뱉은 두루뭉술한 대답 때문에 한 시간 삼십 분 동안 이어졌다.

진하와 함께하기로 한 이유는 분명하다. 바로 사랑하기 때문이다. 결혼하기 전에 결혼 생활을 검증해보고 싶다는 마음은 일 퍼센트도 없다. 동거 중이라 얘기하면

"살아보고 결정하면 좋지."라고 말하는 사람들이 있다. 애초에 동거라는 생활방식이 배우자의 검증방식이라고 알고 있는 사람들도 많은 것 같다. 그렇다면 동거를 검증 방식으로 생각해볼까? 만약 동거의 대상이 내게 완벽한 사람이라는 걸 깨달았다면 그에게 나는 완벽한 사람일 수 있을까? 동거를 통해 서로에게 완벽한 사람임을 깨닫는 것은 애초에 불가능하다. 모든 사람은 서로에게 부족하며 완벽할 수 없다. 살아보고 결혼을 할지 말지 선택한다는 것은 나와는 맞지 않는 방법이다. 왜냐면 내게 이 사람과 십 년 뒤의 계획은 없기 때문이다. 지금의 이 순간, 현재만이 진하와 나 사이에 있다. 제일 중요한 것은 십 년 뒤가 아니라 현재에 있다.

결혼을 왜 하냐면

미은

친구들과 이십대 때 대화 주제는 취업 준비였다. 이제는 우리 모두 밥벌이를 하게 되면서 카톡방은 직장 욕과 직장상사 욕으로 가득하다. 가끔 좋아하는 연예인의 근황을 알리기도 한다. 그리고 가끔은 결혼에 관한 이야기도 한다. 몇 년 전 내가 좋아하는 후배들이 하나, 둘 결혼을 했다. 부조금은 남들과 비슷한 수준으로 했으나 축하는 남들 못지않게 해주고 싶었다.

그 마음을 전하는 가장 직접적인 수단은 돈이겠지만 그저 눈에 보이지 않을 마음으로 더 축하했다. 후배들의 결혼식 전에 밥을 한 끼 하는 자리가 있었는데, 결혼식을 앞둔 터라 결혼에 관해 얘기를 주로 나눴다.

사실 내가 궁금해서 많이 물어봤다. 한 후배가 지인에게서 들은 이야기를 했다. 어떤 커플이 있었는데 그 커플은 결혼식 없이 혼인신고만 하고 살았다고 한다. 그러다 처음으로 가족 행사에 참여하게 됐는데, 그게 누군가의 장례식장이었다고 한다.

장례식장에서 남편은 아내를 데리고 이곳저곳 다니면서 "이 사람이 제 아내 되는 사람입니다." 한참을 소개하고 다녔다는 이야기였다. 시댁 가족들과 처음 인사를 나눈장소가 장례식장이었다는 얘기를 들으며, 그 아내와 나를 대치하여 생각해봤다.

밝게 웃으면서 인사해야 하나. 장례식장에서는 어떤 표정을 하고 있어야 할까. 장례식장의 어둡고 어수선한 분위기에서 처음 보는 사람들과 인사를, 그것도 어렵게 느껴지는 시댁 식구들과 인사를 해야 한다고 생각하니 좀 끔찍했다. 그때 처음으로 결혼식이란 것을 하긴 해야 겠다고 생각했다.

진하와는 인도에서 만나기 시작해 팔 년을 좋은 마음으로 만나왔다. 그동안은 둘만 생각해도 됐다. 2018년을 기준으로 남자의 초혼 나이는 33.2세, 여자는 30.4세라고 한다. 어머니가 나에게 결혼에 대해 언급한 시기도 내 나이 서른 때부터였던 것 같다. 자녀가 평범하길 바라는 마음에서인지 평균 나이에 결혼하길 바랐던 것 같다.

직접적인 강요는 없었다. 눈치는 스스로 봤다. 어머니의 최측근이 나에게 간접적으로 어머니의 심정을 전해준 적이 있었다. "너희가 결혼도 안 하고 오래 사귀고만 있으니 이러다 헤어지면 어쩌나 걱정되지 않겠냐?" 어쩐지 순화되어 보이는데 이 말을 내게 한 언니는 사투리를 차지게 써서 내 귀에 결혼에 대한 강박을 때려 박았다. 그 얘기를 듣기 전까지 부모님의 입장은 한 번도 생각해본 적 없었다.

진하와 나, 우리 둘이야 평생을 함께할 상대라고 확신하고 생각하고 있지만 진하를 모르는 부모님에겐 걱정일 수 있다. 언젠가 내 딸이 긴 연애를 끝내고 결혼을 다신

안 한다고 하면 어쩌나 걱정될 수 있는 일이었다. 그래서 작년에 상견례를 하기로 했다. 보통의 상견례에선 결혼 날짜를 잡고 혼수와 예식에 관한 논의를 한다고 한다.

하지만 우리는 당장 결혼할 계획은 없고 둘만의 계획된 일을 진행한 뒤, 이듬해 가을쯤 결혼하겠다고 가족에게 발표하기로 했다. 우리의 목적은 양가 부모님들에게 인사를 드리고, 식사를 하면서 어르신들을 안심시켜드리는 것이었다.

상견례 당일 나는 어머니께 크게 충격을 받았다. 상견례를 하던 해, 사촌동생이 결혼하는데 내가 그보다 일찍 결혼했으면 한다는 것이었다. 상견례는 2월이었는데 3월에 결혼하라고 하셨다. "네. 어머니"라고 답하지 않았다. 하지만 덕분에 알고 싶지 않았고 모른 척 해왔던 어머니의 보수적인 마음을 봐버렸다. 안 보고 넘어갈 수 있었는데…. 앞으로 아이를 낳지 않을 거라는 계획은 어떻게 말하고 설득해 나가야 할지 걱정이 됐다.

산 넘어 산. 한 치 앞도 볼 수 없다. 어쨌든 우리는 상견례를 통해 앞으로의 일 년은 결혼도 출산도 유예했다고 안심했다.

아이를 낳아야 하는 걸까

미은

감정적으로 아무런 대책 없이 퇴사했을 때의 일이다. 진하와 생활하는 것이 조금 부담스러웠다. 돈을 벌지 않는 내가 진하가 사주는 밥과 커피를 입속에 넣고 있으니 아무짝에도 쓸모없는 사람이 된 것처럼 느껴졌다. 믿고 입사했던 회사가 똥밭이었다는 사실과 밥벌이를 하지 못하는 내 처지가 합쳐져 자존감은 나락으로 떨어졌다. 자존감이 바닥이던 그때 어렴풋이 나는 전업주부로 살 수는 없겠다는 것, 나는 내 몫의 돈을 벌어야 당당해지는 사람이라는 사실을 깨달았다. 아이를 낳더라도 일은 계속해야 내가 숨 쉴 수 있겠다는 생각도 들었다.

나도 어렸을 적엔 결혼하면 딸 하나, 아들 하나 낳고 싶다는 상상을 했었다. 그런데 언제부터 아이를 낳고 싶지 않아진 것일까. 결혼은 스물일곱쯤에 하고, 아이는 서른쯤에 낳겠다고 생각했었던 것 같다. 하지만 나는 지금 서른둘이 되었고, 아이는커녕 결혼도 하고 싶지 않을 때가 많다. 스물여섯, 스물일곱, 이때 나의 고민은 아이를 낳고도 계속할 수 있는 일을 찾는 일이었다. 내가 프리랜서로할 수 있는 일이 없을까도 고민했다. 그때는 프리랜서는하고 싶은 일만 하고 시간도 많은 사람이라고 생각했던모양이다. 어리석었다. 내게는 프리랜서가 될 수 있는 능력도 없었다. 프리랜서가 되기 위해 전문적인 지식이나기술도 쌓지 않았다. 고민만 했을 뿐 나태한 나는 아무것도 실행하지 않았다. 내가 생각했던 것만큼 프리랜서가프리하지 않다는 사실을 알게 됐을 때는 아이를 낳고자하는 의지가 한 톨도 남지 않았다.

"왜 아이를 안 낳으려고 하는 거야?"라고 묻는 사람들이 있다. 나는 한 번도 아이를 계획하는 사람에게 "왜 굳이 아이를 낳으려고 하는 거야?"라고 물어본 적이 없다. 대학을 가고, 취업하는 게 당연한 것처럼 결혼도 출산도 너무나도 당연한 순서라고 생각들을 한다. 전 직장에는 이 순서를 중요하게 생각하는 사람이 있었다. 그 사람은 유독 나의 결혼관에 대해 의아해하는 사람이었고 나와는 다른 부서의 팀장이었다. 팀장과 함께하는 점심시간은 힘들었다. 점심 비용을 아끼려고 도시락을 가져오는 것인데 대화를 하다 보면 외식하고 싶다는 마음만 남게 된다.

"애 낳아서 애국해야지!"라는 말은 그 사람 입에서 처음 듣게 되었는데, 그전까지는 실제로 그런 말을 하는 사람이 있는지 몰랐다. 애국이라니…. 나는 내 몫을 벌어 소비하는 것만으로 나의 조국을 위해 최선을 다하고 있다고 말하고 싶다. 놀랍게도 출산과 애국을 연결 짓고 내게 출산을 장려한 그 사람은 여자였다.

아버지와도 나의 자녀 계획에 얘기를 나눈 적이 있는데 아버지는 내게 "시집가서 대를 끊겠다는 것이냐?"라고 말했다. 마치 흥선대원군이 살아 돌아와 내게 소리치는 것 같았다. 아버지도 점심시간에 나를 괴롭혔던 팀장처럼 'circle of life'를 믿는 사람이었다. '딩크(Double income no kids)족'으로 살고 싶은 우리를 가만히 놔두지 않을 것 같다. 진하와 내가 평생을 함께하기로 한 결정은 우리 둘만의 결정이었고 앞으로의 일들은 가족들이 우리의 양팔을 붙잡고 뒤흔들 것이다.

지금 진하와 함께 사는 집을 보러왔을 때 갓 걷기 시작한 한 아기가 있었다. 그 아이는 지금 우리가 지내는 주택의 소유주인 노부부의 손녀였다. 노부부의 딸은 결혼 후 양산으로 터를 옮겨 살기 시작했고 아이를 낳게 되자 어머니의 도움이 필요해졌다. 어머니는 아이를 돌보기 위해 부산에서 양산까지 먼 길을 오가셨다. 정말 꽤 먼 길이다. 거리가 멀어 체력적으로 힘들어지자 현재의 집을 내놓고 우리에게 받은 전세금으로 양산에 있는 집에 전세살이를 시작한 것이다. 아이를 키우려면 온 마을이 필요하다는 속담이 있다. '마을'에는 자본도 있어야 하고 가까운 거리에 아이를 봐줄 나의 부모도 있어야 한다.

결혼이라는 의식

진하

    축하와 축복을 받으며 평생 서로 사랑할 것임을 약속하고 선언하는 자리가 결혼식이다. 많은 사람에게 축하를 받는 자리이니만큼 과정도 결과도 중요하다. 결혼식에는 중요한 몇 가지가 있는데, 나는 처음부터 끝까지 사람이 가장 중요하다고 생각한다. 식에서 가장 중요한 사람은 당연히 당사자들이겠지만 축하를 받는 자리인 만큼 참석해서 자리를 빛내주는 사람들 또한 그만큼 중요하다. 당연히 다양한 사람들이 하객으로 참석하게 될 것이다. 그리고 그 사람 중에서는 결혼을 진심으로 축하하고 축복해주는 사람이 있는 한편 누군가는 결혼식의 크기와 성대함으로 당사자들을 평가하고 그 성대함에 본인 또한 포함시킴으로써 마치 본인의 지위가 상승된 것 같은 기분을 느끼는 사람도 있다. 그렇기에 결혼식은 나에게도 남에게도 중요하다.

또한 많은 사람이 모이는 만큼 말도 탈도 많을 수밖에 없다. 멀리서 초대받아 수고스럽게 오는 사람들도 있다. 수많은 사람이 머나먼 길을 오거나 따로 시간을 내야 하고 당사자들은 청첩장을 만들어 직접 만나러 다니며 전해야 한다. 혹여 전달하는 과정에서 실수라도 하면 예의 없다는 둥 다른 사람 만나서는 그러지 말라는 둥 왈가왈부하는 말을 듣기도 한다.

나는 그게 싫었다. 축하받기 위해 예의를 갖춰 초대했는데, 그 과정에서 걔가 나는 이런 식으로 초대했어 기분 나쁘네, 나는 초대했는데 너는 안 했어? 이상한 친구네 등등 뒷말을 하기도 한다. 다들 핸드폰만 붙잡고 살기에 모바일 청첩장을 보냈더니 기분 나빠하고 그동안의 관계에 대해서 다시 생각해보게 되었다는 얘기까지 한다. 오랫동안 연락이 없다가 모바일 청첩장만 보낼 수밖에 없었던 이의 심정은 오죽했을까. 축하를 원하든 축의금을 원하든 청첩장을 보내기 전에는 그 사람을 생각하기 마련이다. 청첩장을 보내는 사람들이 며칠, 몇 주 동안 집에서 연락만 돌리는 것도 아니지 않은가. 다들 누군가에게 남들보다 더 특별하다고 느끼고 싶나 보다.

나도 그동안 적지 않은 축의금을 냈지만 아까워한 적은 없다. 돌려받지 않아도 좋다. 정말 축하하는 마음으로, 결혼식과 더불어 앞으로의 삶에 손톱만큼이라도 도움이 되길 바라는 마음에서 나온 성의이기 때문이다. 정말 축하해주고 싶은 결혼식에만 참석하자. 가기 싫다면 청첩장을 보고 아, 결혼하는구나, 하고 말면 될 일이다.

나는 특히 축의금을 내면서 계산기를 두드리는 사람들의 마음이 사실 아직도 잘 이해가 안 된다. 다시 돌려받을 돈이라는 관념이 어찌 축하받아 마땅한 결혼식에도 적용되어야 할까.

주고받는 행위가 사회의 기본이라지만 준 만큼 돌려받

지 못했을 때의 마음은 물론 받은 만큼 돌려주지 못했을 때의 마음은 또 어떠할까. 결혼의 본질이 축의금으로 호도되고 있다. 나는 이만큼 해줬는데 그만큼 돌려받지 못했을 때 우리는 관계에 대해 다시 생각하게 된다. 하지만 그게 결혼식이 되면서 문제가 되기 시작했다. 기대한 만큼 받지 못했다고 생각하는 사람들은 한번 잘 생각해보자. 본인의 뿌리가 얼마나 튼튼한지. 관계는 일방적이지 않다.

　미은이와 결혼을 생각하면서 많은 방식을 구상해봤었다. 일단 앞으로도 돈이 없을 예정이니 셀프 웨딩, 두 집안이 천주교니 성당, 후배의 결혼식을 보고 카페 대관, 축의금 없는 결혼식 등등. 그리고 그런 생각을 하면서 많은 결혼식에 참석했다. 부산에서 서울, 대전을 오갔다. 심지어는 한 달 동안 영주에 두 번, 서울에 한 번을 간 적도 있었다. 그렇게 결혼식에 다니며 수십, 수백만원의 축의금을 내고 다닌 적도 있다. 정말 축하해주고 싶은 마음이 있던 친구들이었으니까. 힘들었지만 즐거웠다.

　그러면서 미은이와 대화를 많이 했다. 먼저 우리가 느끼기에 힘들었던 결혼식을 얘기했다. 너무 먼 길이면 밥이 맛있을 것, 밥이 맛있을 자신이 없으면 오지 않아도 괜찮다고 알릴 것. 이런 생각을 하면서 우리는 그냥 하지 않는 것이 제일 편하다는 답을 얻어내고 있었다. '꼭 해야 하는 거야?'라는 생각이 자리를 잡을 때, 마음 한편에 부모님 생각이 스멀스멀 올라오기 시작했다. 우리는 과연 부모님을 설득할 수 있을까? 이 한 문장으로도 오금이 저렸다.

우리가 원하는 방식을 위해서는 부모님을 설득해야 한다. 우리보다 더 우리의 결혼식을 중요하게 생각하시는 부모님들과 어쩌면 싸워야 할 수도 있다. 그건 싫었다. 우리는 부모님을 존경하고 존중한다. 우리의 결혼이 부모님 인생에 매우 중요한 사건 중 하나라면 싸워서까지 쟁취하고 싶진 않다고 미은이와 결론 내렸다.

사실 우리가 생각한 여러 방식의 결혼식은 우리도, 참석하는 사람들도 불편할 수밖에 없는 구조다. 결혼식에 몇 번 참석해본 결과 좁아서 앉을 자리가 없고 밥이 맛 없고 주차가 힘들고 멀고 복잡하고 눈치를 봐야 하는 결혼식이 대부분이었다. 그래서 우리는 그냥 남들 하는 것처럼 하기로 했다. 크지도 작지도 않게 시골에서 적당히. 결혼식이 우리에게 중요하지 않다면 어떤 방식이어도 상관이 없다. 우리에게 중요한 건 우리가 함께한다는 것이며, 결혼식은 부모님에 대해 독립 선언을 하는 자리이자 감사함을 전달하는 자리이면 된다. 우리의 결혼을 진심으로 축하해주는 사람들에게 진심 어린 축하를 받고, 앞으로도 우리가 잘못된 방향으로 나아가면 많은 조언과 참견을 부탁하는 자리로 만들고 싶다. 꼭 올 것 같은 사람이 오지 않아도, 내가 한 축의금보다 적은 축의금을 내더라도 서운해하지 않고 오롯이 감사할 수 있는 그런 자리이기를 꿈꾼다.

집안일의 파이

진하

대학 시절, 남자 세 명이 자취를 할 때 자취방은 정말 개판이었다. 허물을 벗듯이 옷을 벗어 아무데나 두고, 책상 위는 혼돈의 카오스였다. 화장실은 말도 꺼내기 싫고, 라면만 끓여 먹던 주방은 설거지를 최대한 하지 않기 위해 계속 새로 사는 다이소 이천 원짜리 양은 냄비로 가득차 있었다. 이불을 펼 때도 바닥에 가라앉은 먼지가 날아

오를까 봐 조심스럽게 천천히 펴고 잤다. 나는 그때 같이 살았던 짐승들의 행각을 도무지 이해할 수 없었다. 짐승들아, 잘살고 있니? 잔소리는 소용이 없다는 것을 일찌감치 깨달았던 내가 택한 방식은 내가 사용하는 아주 좁은 공간만 청소하는 것이었다. 자기 전에 바닥 청소만 대충 한번 해도 감탄을 하던 짐승들을 보며 무수히 생각했다.

'혼자 살고 싶다.'

혼자 살기 시작한 후엔 나는 정말 깨끗하게 살았다. 작은 원룸이지만 매일 쓸고 닦고 치우니 휑하니 차가운 느낌마저 들었다. 내가 원한 집은 이런 느낌이 아니었는데, 나는 아직 집안일을 배우는 중이라는 생각이 들었다.

미은이와 같이 살기 시작하면서 혼자 걱정을 했다. 내가 집안일을 좋아한다는 사실을 알리고 보여줘야 할까, 아니면 모르는 척하고 역할분담을 해야 할까. 하지만 고민을 오래 하지 않아도 되었다.

미은이는 눈치가 빨랐다. 그래서 집안일로 다툰 적이 없다. '오늘은 미은이가 머리카락 좀 치워놨으면 좋겠는데…'라는 생각을 하며 퇴근을 하면 미은이는 딱 머리카락을 치워놓곤 했다. 은연중에 내 생각이 드러났는지도 모를 일이다.

  퇴근 후, 집에서 요리해 맛있는 저녁밥을 먹자고 머릿속에 그렸다가, 아침까지 쌓여 있던 설거지가 생각나 기분이 축 처지던 날에도, 터덜터덜 집에 도착하면 미은이가 설거지를 다 해놓아서 엄청 고맙고 기분 좋아졌던 적도 있다. 그러면 나는 개운하고 산뜻한 기분으로 즐겁게 요리를 했다. 쓸고, 닦고 각 잡는 일이 내 휴일의 유일한 낙이었는데 자연스럽게 그러한 일이 조금씩 줄어들고는 했다.

  이불을 빨고 마당에 널어놓으면 바싹 마른 촉감에 행복해진다. 창문을 다 열고 바람이 들어와서 환기가 되는 집을 느끼는 것도 나는 좋다. 청소기를 돌리고 걷은 빨래를 개고 노래를 크게 틀어두고, 현관의 나무 발판과 의자, 신발, 쓰레기통을 모두 햇빛에 말려두고 물과 빗자루로 청소를 하고 한층 더 반짝이는 현관을 보는 일이 좋다. 그리고 미은이에게 칭찬받을 생각을 하면 더 기분이 좋다.

  시간이 지나 우리는 서로의 방식에 익숙해지기 시작했다. 같이 쉬는 날에는 내가 청소를 하는 것보다 미은이가 잠에서 깨지 않게 기다렸고, 깨어난 미은이는 날 위해 집 안일을 도와준다. 딱 하나 일을 나눈 것이 있다면 미미에 관한 일이다. 미은이는 호흡기가 약해 미미의 배변 치우는 일을 힘들어했다. 아는 사람은 알겠지만, 고양이들은 모래만 가져다 놓으면 별도의 훈련이 없어도 배변을 잘 가린다. 우리는 변기에 내릴 수 있는 두부 모래를 선택했다. 미미가 그 모래에 고이 묻어둔 배설물(일명 감자)을 캐기 위해 모래를 뒤적이면 두부 모래 가루가 조금씩 날리는데 호흡기가 약한 사람에게는 힘들 수 있다. 그래서 미미의 감자를 캐는 일은 내 담당이 되었다. 그런데 이 일이 초래한 결과가 조금 슬프다.

내 생각에 미미는 나를 똥 치우는 사람, 미은이는 밥과 간식을 주는 사람으로 인식한 것 같다. 시간이 갈수록 점점 더 나에게는 애교를 부리지 않고 미은이에게 더 많은 애교를 부리는 걸 보면 확실한 것 같다. 미은이와 같이 집에 들어가면 미은이만 뚫어지게 쳐다보고 안긴다. 미미야, 넌 정말… 진짜 중요한 게 뭔지 몰라!

요즘은 미은이가 나보다 집안일을 더 할 때도 있다. 일하는 시간이 줄어든 미은이는 전보다 많은 시간을 집안일에 쓴다. 게을러서, 귀찮아서 하지 않았던 것이 아니었다는 생각이 든다. 주어진 체력 안에서 미은이는 최선을 다했던 것이리라. 반대로 체력이 점점 줄어드는 나는 하나, 둘 포기하는 일이 생기기 시작했는데 그중 하나가 집안일이 되어버렸다. 미은이가 많은 부분을 해주고 있어서 포기하기 시작했다.

포기의 가장 큰 이유는 점점 알람 소리도 듣지 못할 정도로 약해진 이 거지 같은 체력이다. 보름마다 한 번씩 하던 이불 빨래와 현관 청소도 점점 횟수가 절반으로 줄어들더니 그 이상으로 줄어들기 시작했다. 이불과 현관 청소는 항상 내가 욕심내서 해오던 일인데 횟수가 줄어드니 미은이에게 미안할 뿐만 아니라 잘했다고 칭찬 듣는 일이 줄어들어서 스스로 마음이 조금 아프다.

제 몫을 한다는 것이 집안일 하나에도 이렇게 어렵고 신경이 쓰인다. 앞으로도 미은이와 나는 제 몫을 하기 위해 노력하겠지만 얽매여서 아등바등하지는 않을 것이다. 서로가 집안일 때문에 신경 쓰이게 하지 않으면서도 적당함을 유지하는 감각과 합을 우리는 가지고 있기 때문이다.

사람은 둘,
화장실은 하나

———

미은

    내 모든 아르바이트와 직장 생활의 경험을 모두 합쳐서 가장 힘들었던 곳은 대전에서의 직장 생활이었다. 그곳은 내게 지옥이자 나락이었다. 직원들 사이에서는 '아홉 시 칼퇴근'이라는 말을 썼다. 여섯 시 퇴근 시간이 되면 우리는 웃으면서 저녁을 먹으러 나갔다.

    나는 그리고 회사의 동료들은 많지 않은 월급으로 회

사 주변 식당을 점심, 저녁으로 애용하며 내수경제 활성화에 앞장섰다. 저녁을 먹고 돌아오면 펼쳐진 업무 더미들. 실성한 듯 웃으며 일했다. 평생을 사장 혹은 프리랜서로 살아온 나의 아버지는 나의 여섯 시 이후의 삶을 이해하지 못했다. 야근 중 아버지의 전화를 받으면 아직 일하는 중이라며 끊었다.

한 번은 그것 때문에 아버지와 말다툼을 한 적이 있다. 아버지는 회사에서 왜 그렇게 일을 많이 시키냐며 역정을 내셨다. "아버지, 나보다 대표가 더 늦게 퇴근하고, 일도 많이 해요."라고 말씀드려도 아버지는 대표가 일을 많이 하는 건 당연하다며 화를 냈다. 회사에서 을 중의 을로 살아본 적 없었던 아버지는 사원보다는 팀장이, 팀장보다는 대표가 일을 당연히 많이 해야 한다고 하셨다. 뒤통수를 때려 맞은 것 같았다. 나는 단 한 번도 그런 회사를 본 적이 없었다.

반대로 어느 회사에 부장 자리에 있었던 어머니는 내게 "자리가 높아질수록 일은 많지 않지. 책임질 일만 많지."라고 했었는데. 어쨌든 야근하는 나보다도 야근의 상황에 짜증이 많이 났던 아버지를 위해 아버지의 전화가 오면 회의실에 갔다. 조용한 회의실에서 아버지에게 저녁도 잘 챙겨 먹었고 집이라고 안심시켰다. 전화 속에 진실은 절반, 거짓도 절반이었다.

어쨌든 아버지를 안심시키고 남은 일을 마친 후, 집에 오면 스트레스를 풀기 위해 잠자는 시간을 아껴 불닭볶음면을 먹었다. 아침에는 잠자는 시간을 아낄 수 없는데, 잠들기 전엔 많이 아꼈다. 대전에서 생활하던 나는 스트레스를 받으면 〈워킹데드〉를 틀어놓고 불닭볶음면을 먹었다. 오늘도 불닭볶음면을 조질 거야! 하고 시작하지만, 언제나 조져지는 건 나였다. 다음 날 아침이면 배가 아파 매우 곤란했던 것이다. 불닭볶음면을 한두 개 사서 먹다가 다섯 개 묶음으로 사서 쟁여두었다.

나는 음식이든 음악이든 한 놈만 팬다. 그때 한참을 내게 두들겨 맞던 놈은 불닭볶음면이었다. 그날도 어김없이 불닭볶음면을 두 개 끓여 해치웠다. 다음 날 아침에 배에서는 배출의 소식이 없었고, 나는 불안했다. 그날은 장거리 연애 중이었던 진하가 오는 날이었다.

원룸이라는 공간이 얼마나 협소하냐면 화장실에서 나는 작은 물소리조차 침대까지 닿는다. 진하가 원룸에 들어왔고, 금방이고 배출될 것 같은 기운이 느껴졌다. 왜 하필 이때? 진하에게 진땀이 난다고, 나는 화장실을 써야 하니 산책을 나가달라고 했다. 착한 진하는 군말 없이 길을 나서줬다. 한참을 씨름하고 개운해졌는데 변기가 개운하지 않았다. 물이 잘 내려간 줄 알았는데 어느 순간 역류하는 것이다.

때는 여름이었고, 화장실 안에서 나의 땀이 쏟아졌다. 더워서 때문만은 아니었다. 부리나케 진하에게 전화해 뚫어뻥을 사다 달라고 했다. 진하도 나만큼 조급해하며 급하게 뚫어뻥을 사왔다. 임신한 아내를 위해 겨울철에 구하기 힘든 과일을 사들고 오는 남편의 모습이 저럴까 싶었다. 그만큼 숭고했던 순간이었다. 진하가 화장실 문을 두드렸다. 본인이 뚫겠다며 나오라 했다. 너 같으면 나갈 수 있겠니? 열심히 뚫었다. 내 인생 최고의 집중력을 발휘한 시간이었다. 변기가 다시 제 기능을 수행하는 모습을 보고 화장실 청소를 하고, 샤워까지 마친 후 나왔다. 진하는 한참을 웃었다. 진하 앞에서는 똥이고 방귀고 연관 없는 사람이었으면 싶은데, 같이 지낸다는 건 이렇듯 똥과 방귀를 공유해야 하는 건가 싶어 속상했다.

같이 산다고 하면 자주 듣는 질문 중 하나. "방귀는 텄니?" 겨울이 되어 손이 트는 것도 아니고, 입술이 트는 것도 아닌 방귀를 튼다니. 사람들은 어쩜 이토록 생리적인 문제를 궁금해하는 것인가.

육류나 밀가루를 가득 배에 채우고 나면 배가 빵빵해진다. 배가 빵빵해지는 이유는 가스다. 원룸이라는 공간에서는 화장실에서도 소리는 문을 넘고 만다. 이때 나는 진하에게 요구사항이 많다. 산책이라도 다녀오라고 한다. 콜라가 먹고 싶다고 하거나 담배라도 피우고 오라고 한다. 진하는 착하게도 외출을 다녀왔다. 함께한 햇수가 팔 년이 넘어가는 지금도 여전하다. 나는 진하 앞에서 활발한 장의 향기를 남기고 싶지 않다.

방귀만 문제가 아니다. 연인에게 내 향기를 남길 수 없어서 화장실에서 큰일을 보고 나면 십 분 동안 사용금지를 크게 외쳤다. 아기 때부터 나를 봐온 이십 년을 동거한 엄마와 아빠 앞에서는 방귀 소리나 화장실에 남는 내 체취가 아무렇지 않지만, 이제 함께 생활하게 된 진하에게는 아무렇지 않을 수 없다.

친구는, 가족이 아니라 남이라서 그러느냐고 물었다.

"잘 보이고 싶은 사람이니까."

나는 그렇게 답했다.

진하는 내가 잘 보이고 싶은 사람이다.

언제나.

둘이 함께 살며
생각한 것들

───

진하

    우리는 정치, 경제, 예능, 사회 등 여러 주제로 많은 대화를 한다. 그런 대화들에서 의견이 달랐던 적은 극히 드물다. 미은이가 보기에 나쁜 놈은 내가 봐도 나쁜 놈이고 뉴스를 보고 내가 답답해하면 미은이도 답답해했다. 딱히 서로를 위해 생각을 맞춰야 할 필요는 없었다. 둘 다 서로의 의견을 좋아했다.

엄청나게 많은 주제로 대화를 해왔지만 역시나 그런 대화 중 가장 즐겁고 영양가 있는 주제는 '뒷말'이었다. 우리는 뒷말이 나쁘다고 생각하지 않는다. 뒷말은 재미있고 얘기를 하면 할수록 기분이 좋아지며 나쁜 점을 찾으면서 어떻게 바뀌었으면 하는 바람까지 나올 수 있다. 게다가 음식이나 술과 함께하면 인상 쓰며 시작한 대화가 웃음으로 끝이 난다. 미은이는 내가 이해 못할 남의 이야기를 한 적이 없다.

누구나 그렇겠지만 이유 없는 욕은 없다. 하지만 당시 자신의 태도는 어떠했는가는 충분히 생각해야 한다. 우리는 상식의 기준이 비슷했고 그래서 뒷말을 할 때는 서로의 이야기에 충분히 공감할 수 있었다. 즉 서로는 밖에서 남에게 불쾌함을 줄 만한 일을 하지 않을 것이라는 믿음이 있다. 직장에서 가족 관계에서 또는 버스나 전철에서 만난 불특정 다수에 관해 이야기할 사람이 있는 집으로 간다는 것은 꽤 중요하다.

집에 가서 이 이야기를 서로에게 토로하며 해소할 생각에 집에 가는 내내 이 이야기를 어떻게 시작하고 어떻게 맺어야 하는지를 생각한다. 서로에게 이야기를 풀어

내면 불과 몇 시간 전에 있었던 불쾌했던 일이 금방 없었던 일이 된다. 이 얼마나 유용하고 서로를 위한 대화인가. 서로에게 굳건한 신뢰가 없으면 긴 기간 하지 못할 얘기들이며(질릴 수 있다) 서로보다 다른 것에 조금만 관심이 있어도 하지 못할 이야기다(귀찮아질 수 있다).

소위 말하던 '갑질'에 대한 비난과 비판이 들불처럼 번질 때다. 덕분에 수많은 갑질이 수면 위로 드러났고 국민에게 말로 두들겨 맞으며 관련된 법안이 우후죽순 생겨났다. 대부분은 기업 소유주의 지난 행동 또는 현재의 행동이었다. 사회 분위기에 갑질을 당하던 직원들은 용기를 얻었고 그들의 고발로 만천하에 그들의 행각이 알려졌다. 우리는 그 행각에 치를 떨며 욕을 했다. 밥을 먹으며 거리를 걸으며 실시간으로 알려지는 만행들에 놀라움을 금치 못했다. 특히 유제품 회사 소유주의 갑질이 드러나면서 인터넷에서는 해당 회사에 대한 불매운동을 시작하겠다는 사람들이 나타나기 시작했다. 회사를 대표하는 자의 행각이 문제를 일으켰고 그 문제를 벌하겠다는 의미로 불매운동이 일어났다. 당연한 일이다. 우리도 당장 불매운동에 참여해 관련된 제품을 하나도 소비하지 않기로 해야 마땅하다. 매형이 보내준 등심을 구워 저녁 식사를 하며 이 문제로 대화를 시작했을 때 우리도 식으면 점점 더 질겨지는 등심처럼 그 회사를 씹기 시작했다.

소유주의 만행에 사소한 잘못까지 덧붙여가며 대화하던 중 과연 불매운동이 저 소유주를 단죄할 만큼 효과가 있을까 하는 의문이 들었다. 우리의 상식으로 유제품 회사는 대체로 일반 소상공인들이 대리점을 운영하는 체계다. 불매운동이 일어나면 당장 우리 옆집에 살 것 같은 대리 점주들과 직원들은 어찌 되는 걸까. 우리 동네 경림슈퍼로 내일 새벽에 납품되어야 할 유제품이 판매량 저조로 납품이 거절되고 창고에서 점주들의 마음과 함께 썩어 가는 건 아닐까 걱정되었다. 시간이 지나 소유주는 경미한 법의 처벌을 받았으나 사람들은 여전히 그 회사에 대해 강한 낙인을 찍은 상태가 유지된다.

가만 보고 있으면 잊을 만하면 언론에서 한 번씩 다룬다. 우리는 사람들이 각종 SNS에서 날리는 불매운동을 하겠다는 선언이 달갑지 않다. 말 한마디로 우리 옆집에 살고 있을지도 모르는, 친구의 가족일지도 모르는 많은 사람이 직업을 잃을 수 있다는 생각은 해보지 않은 것일까. 당장 나와 관련 없는 일일지 모르나 언제 나의 일이 될지 모른다고 대화를 마무리하며 우리는 너무 질겨 한참을 씹어야 하는 등심을 억지로 삼켰다.

이런 대화를 하다 보면 우리 마음도 아프고 편치 않다. 이처럼 해결이 어려운 문제의 대화에서는 결국 누군가에게 화살을 쏘고 마무리한다. 그래도 이런 대화가 일말의 의미는 있지 않을까 자위하며 그 자리에서 털고 일어나 설거지를 서로에게 미룬다.

불면의 밤이 사라지고

진하

내 생활은 불면 아니면 변비. 해가 뜨도록 잠들지 못하면 다음 날에는 화장실에서 기분이 좋고, 화장실에서 기분이 좋지 못하면 그날은 깊은 잠은 아니더라도 일찍 잠든다. 꽤 오래되었다. 불면이 짜증 나는 시기도 지났다. 어쩌면 나에게 가장 깊은 시간일지도 모른다. 꽤 일찍 잔다고 눈을 감고 잠들지 않은 채 시간을 보낸다.

자려고 노력해도 정신은 점점 더 또렷해진다. 아 오늘도 틀렸구나 하는 생각이 들면 그때부터 나도 모르게 내일 해야 할 일들의 우선순위를 정하고 나아가 올해 해야 할 일들을 머릿속으로 정리하기 시작한다. 그리고 했던 일들은 어땠는지, 앞으로 할 일은 어떨지 생각한다. 잠시 십 분 정도 다시 '안 돼. 자야 해', 하고 아무 생각도 하지 않으려 하나 금방 또 다른 생각에 빠진다. 군대 가기 전에 그 술집에서 왜 그렇게 진상을 부렸을까, 고등학교 때 공부 좀 더 해볼걸, 중학생 때 그 친구랑 왜 싸웠을까, 대학교 조별 과제 때 왜 내 주장만 고집했을까 등등 평생 이불 찰 것 같은 흑역사도 줄줄이 생각났다.

그렇게 몇 시간 동안 혼자 감정의 롤러코스터를 탄 후에 해 뜨고 한 시간 남짓 잠이 들었다 깨면 하나도 기억이 나지 않는다. 그래서 아침에 일어나면 밤새 보낸 시간에 대한 허무함이 이루 말할 수 없다.

누구는 내가 예민해서 불면도 변비도 가지고 있다고 한다. 그 얘기를 듣고 가만히 생각해보니 어쨌든 내 잘못이란 소리다. 나는 대체 왜 예민해서 불면 아니면 변비의 삶을 살아가게 되었을까. 생각이 많아서 그렇다면 기억

도 나지 않고 별 도움 안 되는 생각들은 왜 하게 되는 것
일까.

나는 그냥 오래전부터 내일이 싫었던 날이 많았던 것
같다. 삼십 년을 넘게 살면서 마음대로 살았던 적이 얼마
나 되는가. 물론 마음대로 살았다면 엉망진창인 삶을 살
았을 가능성이 더 크지만, 어차피 살아야 할 삶이라면 조
금 더 기분 좋게 살아올 수는 없었을까? 이렇게 말로 설
명하기 어려운 모순을 생각하며 또 잠들지 못하고 있다.
이럴 때만 나를 잠들지 못하게 하는 환경의 중요함을 생
각한다. 그렇게 또 뭔가의 중요함을 생각하다 잠들지 못
한다.

그랬던 내 불면의 나날이 절반 이상 줄었다. 수면제보
다 열 배 이상 강력하다는 연인이 옆에 있고 침대만 있는
방이 생겨서다. 난 이제 미은이 없으면 절대 일찍 잠들지
못한다. 원룸에서는 침대만 있어도 부족한 공간에 주방,
옷장, 그리고 리리의 집까지 같이 있었다.

지금은 침대와 화장대, 책과 빔프로젝터만 있는 공간
에서 아무것도 신경 쓸 필요 없이 누울 수 있다. 물론 다

음 날 출근은 신경 쓰인다. 그래도 사랑하는 사람이 곁에 누워 있고, 내일 아침에 연인과 함께 출근 준비를 한다고 생각하면 조금은 위안이 된다. 내가 조금 더 늦게 일어나도 되니까.

항상 아슬아슬하게 기상해 출근을 준비하는 우리는 둘 중 한 명이 지각하게 되면 둘 다 지각하게 되니 큰일 나도 같이 큰일 난다는 생각에 마음이 두 배로 편하다. 그뿐만이 아니다. 원룸에 살 때는 매일 아침 일정한 시간에 위층과 아래층에서 동시에 씻으니 수압이 약해졌었고, 내가 쉬는 날 출근 준비로 시끄러운 위층과 옆집의 소음 때문에 늦잠을 잘 수 없었다.

대체로 원룸에서는 아무 소음이 없는 시간이 되면 다른 집의 코골이까지 듣게 되는 경우가 꽤 있다. 그 소리를 한 번 듣게 되면 계속 듣게 되는 것도 문제지만 반대로 내가 뭔가를 하는 소리가 다른 집에도 들릴 거란 생각이 들면 잠이 쉽게 들지 못한다.

이제 그런 고민 따위는 저세상 가서나 할 것이다. 잠을 잘 자게 된 후로 주택청약을 유지하는 것이 의미가 있나 싶을 정도로 주택 사랑이 한층 깊어졌다. 얼굴도 모르는 사람의 코골이를 듣다가 지금은 귀뚜라미 우는 소리나 비가 바닥에 추적추적 떨어지는 소리를 들으며 잠든다. 미은이와 스마트폰을 만지는 각자의 시간을 가진 후 팔을 베고 팔이 저릴 때까지 우스갯소리를 하다 슬며시 잠든다. 미은이랑 처음 같이 지내기 시작했을 때는 몰랐는데 지금은 미은이가 없으면 만취하지 않는 한 백 퍼센트 불면의 시간이다. 있다 없는 것이 이렇게 괴롭다는 것을, 불면을 통해 알게 되었다.

집은 우리를 담은 우주

집은 잠깐을 살아도 고려할 게 엄청 많다. 물은 잘 나오는지, 해는 잘 드는지, 고장이 난 건 없는지 등등. 그런 기본적인 사항 외에도 외형, 내부 인테리어, 배치할 가구의 위치나 구조상의 동선까지도 고려한다. 하지만 십 년 동안 열 번 가까이 이사를 다니다 보니 집을 보는 내 눈은 점점 더 무디어졌다. 집을 집으로 생각하지 않을 때도 있었고, 좁고 불편해도 집처럼 살아보려 했을 때도 있었다.

십삼 년간의 타지 생활에서 나는 집을 마음먹은 대로 생각할 수 있는 능력을 얻었다. 점점 집이라는 가치의 필요성을 잃어가고 있었다. 나에게 좋은 집은 없었고 앞으로도 없을 거라 생각했다. 그러다 우연히 지금 집을 만난 순간, 그동안 생각해본 적 없는 규모의 돈이 필요함에도 불구하고 나는 물이 잘 나오는지, 대중교통은 편리한지, 근처에 편의시설은 뭐가 있는지 따위는 전혀 따져보지 않았다.

돈은 항상 적게 벌었지만 적은 벌이에 불만도 없이 버는 만큼의 삶을 살아왔다. 누군가에게 만 원 한 번 빌려본 적 없었지만, 이 집에 살기 위해서라면 빌릴 수밖에 없다고 생각했다.

집에 들어오고 여기저기 많은 얘기를 하고 다녔다. 나는 지금 좋은 집에 살고 있다고. 물론 집에 초대된 사람들 중에는 기대만큼 좋지 않다고 얘기하는 사람들도 있었다 사실 그런 사람들이 대부분이었다. 천장은 낮고, 동선은 불편하고, 여름에는 제습기가 없으면 습한 냄새가 나는 집이었으니까.

그저 나는 내 의지로 이렇게 넓고 마당이 있는 집에 살아본 적이 없었으니 마냥 좋았다. 작은 아파트나 오피스텔에서 세련되게 사는 게 더 멋지다고 생각하는 사람들은 이해할 수 없겠지만 이 집은 나에게 정말 좋은 집이다.

이 집 덕분에 많은 처음 해보는 일들을 해봤고, 친구들을 데려와 먹이고 재웠다. 무엇보다 반려동물들이 마음껏 뛰노는 공간이 넓어졌다는 것만으로도 만족스러웠다.

그렇다. 별로라고 생각할지 모르겠지만 이 집은 나에게 의미 있는 집이다. 이 년을 살지, 사 년을 살지 혹은 그 이상 살게 될지 모르겠지만 처음 내 집에 산다는 느낌을 알게 해준 이 집을 나와 미은이는 평생 기억할 것이다.

둘이 함께 살며 생각한 것들

초판 1쇄 인쇄 2020년 4월 5일
1쇄 발행 2020년 4월 15일

지은이 박미은, 김진하
발행인 정수동
발행처 저녁달
디자인 P.E.N.

출판등록 2017년 1월 17일 제406-2017-000009호
주소 경기도 파주시 책향기로 371, 607-903
전화 02-599-0625
팩스 02-6442-4625
이메일 moon5990625@gmail.com
인스타그램 @moon5990625

ISBN 979-11-89217-06-8   03810

이 도서의 국립중앙도서관 출판예정도서목록(CIP)은 서지정보유통지원시스템 홈페이지
(http://seoji.nl.go.kr)와 국가자료종합목록시스템(http://www.nl.go.kr/kolisnet)에서
이용하실 수 있습니다. (CIP제어번호 : CIP2019053661)